ALMOÇO DE DOMINGO

JOSÉ LUÍS PEIXOTO

Almoço de domingo

Romance

Copyright © 2021 by José Luís Peixoto
Publicado mediante acordo com Literarische Agentur Mertin Inh. Nicole Witt e K., Frankfurt am Main, Alemanha.

A editora manteve a grafia vigente em Portugal, observando as regras do Acordo Ortográfico da Língua Portuguesa de 1990.

Capa
Alceu Chiesorin Nunes

Foto de capa
Cedida por Manuel Rui A. Nabeiro

Revisão
Ana Maria Barbosa
Camila Saraiva

Dados Internacionais de Catalogação na Publicação (CIP)
(Câmara Brasileira do Livro, SP, Brasil)

Peixoto, José Luís
    Almoço de domingo : Romance / José Luís Peixoto. — 1ª ed. — São Paulo : Companhia das Letras, 2023.

    ISBN 978-85-359-3543-1

    1. Romance português I. Título.

23-166390   CDD-869.3

Índice para catálogo sistemático:
1. Romances : Literatura portuguesa   869.3

Aline Graziele Benitez – Bibliotecária – CRB-1/3129

Todos os direitos desta edição reservados à
EDITORA SCHWARCZ S.A.
Rua Bandeira Paulista, 702, cj. 4
04532-002 — São Paulo — SP
Telefone: (11) 3707-3500
www.companhiadasletras.com.br
www.blogdacompanhia.com.br
facebook.com/companhiadasletras
instagram.com/companhiadasletras
twitter.com/cialetras

ALMOÇO DE DOMINGO

26 DE MARÇO DE 2021

1.

Acordou sem idade. Lembrou-se do corpo, mas não mexeu um dedo. Sentiu a roupa da cama, indistinta daquela hora da madrugada, mas não abriu os olhos. Coberto pelo agasalho, preferia a escuridão à penumbra ou, pior ainda, aos números modernos e implicantes do despertador eletrónico. As pálpebras eram-lhe leves, da mesma maneira que era leve o mundo naquele instante, o silêncio lá fora sobre a vila, o ar limpo que inspirava e que o desimpedia por dentro. Não mexeu um dedo ou qualquer músculo, tinha certezas. Sabia que envelhecer é acumular dores: começam por doer certos gestos, certos jeitos, virar-se de repente, agachar-se para atar o sapato; depois, doem as ações mais comuns, sentar-se, levantar-se, caminhar; até que, por fim, dói tudo, dói estar, dói ser.

Essas eram as dores que não sentia ali. Estava como na mocidade ou, pelo menos, estava como quando desconhecia determinadas queixas. Deitado, louvava as serventias da ignorância e, sem querer entregar-se à excessiva ingenuidade, quase acreditou que podia ter rejuvenescido de repente. Era uma hipótese, quem sabe, se calhar. Já tinha sido testemunha de fenómenos muito mais imprevistos. Se lhe fosse oferecido esse negócio, estava pronto a aceitá-lo de imediato, embora jamais se mostrasse demasiado ansioso, há muito que conhecia as regras das transações comerciais. Em todo o caso, à cautela, permanecia imóvel, mantinha a posição.

Lembrou-se dos óculos do Marcello Caetano. E baralhou--se, passou um segundo ou o que pareceu ser um segundo. Lembrou-se do cheiro avinagrado da massa das farinheiras e quis continuar nessa lembrança, prosseguiu, a massa branca que repousava em dois alguidares, grãos de gordura a brilharem, a mãe e duas mulheres a instalarem-se em bancos, de roda do primeiro alguidar e, com unhas cortadas à tesoura, a encherem as tripas, e a massa das farinheiras nas costas das mãos, quase a chegar aos pulsos, enfiavam-na com os dedos num pequeno funil de alumínio e, através desse instrumento, nas tripas, que não enchiam completamente antes de amarrar com o atilho, e a mãe a levantar o rosto, a dar por ele, seu filho, a chamá-lo, a chamá-lo de novo no interior dessa lembrança. Vinha de longe a voz da mãe e, no entanto, custava-lhe diferenciá-la de si próprio. Onde existia a voz da mãe naquele instante? E repetiu a lembrança da mãe a chamá-lo, o cheiro avinagrado da massa das farinheiras.

Era um homem deitado. Como se, ao perder a idade, tivesse perdido uma parte do nome. Desfrutava de uma simplicidade que esquecera durante longas temporadas. Como se tivesse sido aliviado de uma carga invisível, talvez o olhar que as multidões lhe dirigiam quando chegava, talvez o peso do respeito, senhor comendador, senhor comendador, era um homem deitado. Ou seja, mantinha o nome, sempre recusou ser anónimo, levava o nome entranhado, mas tinha perdido o peso que o tempo lhe acrescentara. Mantinha a história mas, incrivelmente, como um mistério daquela hora da madrugada, o peso que lhe sobrecarregava os ossos tinha sido levantado.

Aproveitou essa liberdade, sorriu por dentro. Essencial, reduzido ao ser ou, com mais rigor, ampliado nele, seguiu a reverberação imaterial que ocupava e estendeu a sua presença à casa, silêncio formal, cerimonioso, pontilhado por estalidos aleatórios na distância, madeiras a queixarem-se. Deitado na cama, na vasta escuridão dos olhos fechados, avançou por corredores, entrou em divisões que, apesar da passagem dos anos, continuavam a parecer-lhe novas. Recordou o momento em que foram projetadas e edificadas; com a mesma facilidade, poderia ter recordado o tempo em que apenas as imaginava. Nunca quis acostumar-se à posse, deixar de apreciar, perder o gosto, era aquela uma casa boa. E atravessou as paredes da casa, muros, portas, portões, ou atravessou uma ideia com a mesma grossura, e lançou o sentido nas ruas da vila. Conhecia todas as ruas, tanto as mais antigas, distorcidas por séculos, calcorreadas por gente e gente, sombras sacrificadas, como as mais recentes, ainda cheirosas de cimento. Se fosse preciso, não lhe custaria achar caminho em Campo Maior na noite mais preta, sem lua, sem iluminação pública, de olhos fechados. Em tempos, pousara a palma da mão bem aberta na cal, sentira-lhe as múltiplas camadas. Sabia de episódios em todos os recantos da vila, presenciara uma parte deles, salpicado por muita realidade, e vivera uma porção ainda mais extensa desse rol. E sorria com força nova ao reparar no fresco de algumas ruas, aragem que bulia entre as fachadas, erguidas de um lado e de outro, portas abertas ou apenas encostadas, o trinco solto, roupas estendidas de gente que conhecia bem, vozes a tratarem do jantar, braseiras espalhadas nos fins de tarde de março, a avivar as brasas para o serão. A que ano pertenceriam esses marços?, esta era a pergunta que não colocava, preferia analisar o aroma das folhas de laranjeira, vindo de algum quintal, de alguma horta, já talvez a caminho do campo e, dessa maneira, escutava o som das botas a pisarem a terra, ervas de março ou, mais provavelmente, ervas sem mês e sem ano. Se continuasse nessa direção, pouco tardaria para alcançar a fronteira. Ali, no sossego, os nervos da fronteira eram uma memória inofensiva, despertaram-lhe certa forma de entusiasmo ou de juventude, mas não deu o passo que ultrapassaria essa linha, regressou de repente ao discernimento do quarto, ainda o corpo na mesma posição, imóvel, deitado, interessado no morno, a madrugada.

O passado tem de provar constantemente que existiu. Aquilo que foi esquecido e o que não existiu ocupam o mesmo lugar. Há muita realidade a passear-se por aí, frágil, transportada apenas por uma única pessoa. Se esse indivíduo desaparecer, toda essa realidade desaparece sem apelo, não existe meio de recuperá-la, é como se não tivesse existido. Lembrou-se do bolo seco na boca, a mastigar o bolo, a não conseguir engoli-lo, voltas e voltas na boca, um cálice de licor, a molhar a ponta dos lábios num cálice de licor, esse doce a misturar-se com a massa mastigada do bolo. O passado é enorme, é como uma montanha, e assenta inteiro sobre o presente, que é como uma agulha, como a ponta afiada de uma agulha. Uma montanha assente sobre a ponta de uma agulha, onde é que já se viu?

Imóvel, deitado, libertava frases dentro de si. Eram frases que se afastavam na escuridão, tinha tempo de observá-las, considerá-las. Talvez devido ao silêncio daquela hora, talvez devido à limpeza do jejum, eram frases que continham uma verdade solene e ardente, com alguma angústia às vezes, sobretudo no momento em que começavam a desfazer-se, a misturar-se com as coisas esquecidas, a voz a tornar-se vaporosa. A quem pertencia aquela voz? Fixou-se nela. Escutou-a com a mesma clareza com que teria escutado uma voz vinda de fora, alguém a falar--lhe. No entanto, aquela era uma voz que dizia *eu* e que, ao fazê-lo, se referia a ele. Quem dizia *eu* no seu interior? Era ele aquela voz?

Sentiu a mulher a seu lado, que nome bonito, Alice, nome de menina, e quase pensou em despertá-la, partilhar o alívio. Mas conhecia bem o seu rosto adormecido, amparou-se nele tantas vezes ao longo das décadas, rosto indefeso, confiança absoluta, Alice, vários rostos e, no entanto, sempre o mesmo. Essa lembrança, como fotografias sobrepostas, chegou-lhe à garganta, a ternura é uma forma sublime de amizade. E, ainda de olhos fechados, precisou de inspirar fundo, como se sorvesse toda a escuridão e, logo a seguir, a devolvesse à madrugada.

Abriu os olhos, regressou ao seu corpo. Começou por virar-se devagar e, ao fazê-lo, regressou à sua idade: oitenta e nove anos, esse número. Enquanto rolava o corpo no colchão, cilindro, inseto lento, tentava não acordar a mulher, ruídos de molas, juntas da cama, corrente de ar abrupta ao rés dos lençóis. Ao mesmo tempo, uma guinada na lombar, a nuca pouco articulada, os pulsos a terem de ser manobrados com prudência para não se abrirem numa luxação. E, na saída da roupa da cama, reprimiu o suspiro que a coluna aprumada e as vértebras encaixadas lhe pediram. A ponta do pé, embicada, tocou o chão.

Como se tomasse sabor à língua ressequida, como se comesse papas imaginárias, abriu e fechou a boca, repetiu breves estalidos. A seguir, apertou as pálpebras nos olhos e, ao destapá-las, a penumbra ganhou formas, foi capaz de distinguir a luz que chegaria apenas mais tarde, o nascer efetivo do dia, luz que haveria de atravessar alguns pontos da janela fechada e, a partir daí, disparar linhas no ar do quarto, conferindo dados suficientes para um cálculo de área e volume. Mas ele tinha referências de maior confiança, conhecimento acumulado sem necessidade de medições, todos os dias em que despertava naquele quarto. Por orgulho, ignorava ainda o despertador. Mas existia o tempo e a respiração da mulher, que resvalava ténue no céu da boca. E o mesmo reconhecimento de pureza, Alice, ligação simples e, naquele silêncio de sons quebradiços, ligação profunda.

Em passos seguidos, indiferente à roupa escolhida, dobrada e preparada de véspera, fez o caminho que a cabeça lhe ditava. Ocupado nessa tarefa, regressou ao seu nome. Regressou ao nome que a mulher lhe chama todos os dias, o que lhe chamava logo depois de se casarem, com um ou dois meses de casados, o nome que lhe chamavam na tropa, em Elvas, o nome que a mãe lhe chamava, a voz da mãe, cada momento em que a voz da mãe se ouvia de novo, o seu nome entre frases que a mãe dizia pela primeira vez, mas também o nome que os funcionários lhe chamam, os funcionários mais antigos e os mais novos, avós, pais, netos, o nome que os clientes lhe chamam, de norte a sul, até os clientes estrangeiros, e o nome por que é tratado nas ruas de Campo Maior, que escuta às vezes, quase sussurrado quando alguém dá alerta para a sua passagem, e o nome que as irmãs lhe chamavam, as manas, e o tio Joaquim, homem bem falante, e o professor na terceira classe, o seu nome a atravessar a sala de aula, a luz da sala de aula, o seu nome a atravessar manhãs antigas, e o nome que o pai lhe chamava, o pai, a maneira como o pai referia o seu nome, os tons com que o pronunciava, a voz do pai existiu, não foi esquecida, existiu. Onde existia a voz do pai naquele instante?

O fato de treino tinha cheiro de armário. Assim que terminou de vesti-lo, de puxar o fecho do casaco, acertou os elásticos na cintura. Em sequência, atou as sapatilhas, um pé, outro pé, e levantou-se devagar, mas com firmeza, sem precisar de se agarrar a nada. Passou a mão pelo bigode e saiu.

2.

O lume tem de se conformar com chamas comedidas, sem extravagâncias de grande queima. Pode envolver os madeiros, dar-lhes uma capa de flama, mas não pode atirar-se à bruta para cima dos chamiços, por muita sede que lhes tenha. Aqui, este lume tem de cumprir dois deveres para servir a nossa família. O primeiro são os varões de farinheiras, chouriços, morcelas, paios e paiolas na chaminé. Esses enchidos foram enfiados um a um nos varões, que ficaram amparados por dois bancos antes de serem alçados, distribuídos pelos vários escalões do interior da chaminé. O segundo encargo deste lume é o púcaro de leite e a cafeteira. Não se pode deixar o lume avivar muito enquanto estiverem estas carnes a fumar, uma dúzia de dias pelo menos, mas este leite precisa de algum fogacho para ferver. É por isso que estou de sentinela, esta cana serve para animar o lume se começa a esmorecer, mas também para lhe dar uma cacetada se quiser levantar cabelo.

A nata do leite, mal cheguei com a vasilha, a minha mãe prometeu-me essa iguaria. A noite estava começada, mas não sei se tinham batido as seis no relógio da igreja matriz. Oferta de mãe, afeição natural. Se fosse preciso uma razão em voz alta, havia o vigor que a nata me infundia, gaiato de nove anos a fazer-se, mas ninguém pediu razões. Hoje, durante toda a tarde, atravessei Campo Maior bastas vezes. Pousei o livro da segunda classe, comi um caldo e, logo a seguir, estava eu já disposto, encostado a dois breves minutos de folga, em silêncio bem-comportado. A minha mãe aceitava uma encomenda, pode deixar que eu falo com o meu Rui. Eu ali, transparente ou invisível, e a minha mãe a falar de mim, o Rui dela. Temos carne nova na mercearia, sabe--se por toda a vila. O porco foi morto ontem e, àquela hora, já não estava pendurado de cabeça, preso pelas patas traseiras, tinham começado a desmanchá-lo no primeiro início da manhã, cedo, no fresco, antes ainda da minha abalada para a escola.

Pode deixar que eu falo com o meu Rui, e falaria, mas o primeiro mandado já estava capaz de ser feito. Com solene cerimónia, a minha mãe apresentou-me um prato de fêveras, coberto por um pano. E tanto o prato, como o pano, como as fêveras, pertenciam à melhor seleção. Atravessei a praça da República e, depois, escolhi as ruas que me pareceram mais apuradas para aquele desfile. Levava o prato à frente do peito, seguro pelas duas mãos. Em cada passada, levantava o pé com firmeza, não arriscava sequer tropeçar numa ideia. Nesse rigor, cruzei-me com moços da minha idade, obrigados a decorar os mesmos rios de Angola que eu e, apesar dessa grande confiança, não nos cumprimentámos. Em silêncio, reconhecendo gravidade, ficaram apenas a seguir-me com o olhar.

Mais perto da casa do doutor, crescia o desejo de ver o meu pai, talvez calhasse a achá-lo entre uma tarefa e outra, podia mesmo coincidir com a oportunidade de um passeio no carro do patrão, do doutor, os bancos de couro, o gargalo esticado para ver a estrada depois do capô, longa carroçaria de chapa mociça, e o meu pai, compenetrado, os braços pousados no guiador, pronto para qualquer manobra. Mas, quase ao mesmo tempo, logo colado a esse pensamento, o coração desengatilhava-se a bater, tipo bombo, era o medo de encontrar o filho do doutor, medo de que andasse solto, espírito envenenado. Fiz os últimos metros nesse suplício, como se o prato de fêveras me puxasse a mim. Fui direito às traseiras, bati à porta da copa, chegou uma servente de cozinha que me desenganou logo da possibilidade de ver o meu pai, tinha acabado de sair de automóvel, tinha ido levar ou buscar a patroa, a esposa do doutor. À espera da devolução da loiça, a ansiedade cresceu com a idealização do filho do doutor, rosto esgazeado que podia saltar-me à frente. Assim que recebi o prato enxaguado, a pingar água, o pano muito bem dobrado, quis sair dali. Nessa urgência, distingui um urro abafado, talvez o filho do doutor, trancado em algum ponto daquele casarão, ou no interior da minha cabeça.

As brasas, como pequenas almas. A cinza, quase misturada com a sombra, pó de sombra. O leite, escondido na sua cor, mas prestes a irromper de repente pelas paredes do púcaro. Tenho de evitar essa bruteza de desperdício. Tenho também de esquivar-me aos pingos súbitos que as barrigas dos chouriços largam, chuva muito lenta de gordura espessa, gordura que se desfez para atravessar os poros das tripas e, depois, aquecida por este fumo paciente, se reagrupou num pingo meloso. Não afasto o olhar do lume, estou de guarda às chamas e ao leite, mas reconheço na pele o toque da luz do candeeiro, o aroma tóxico e doce do petróleo queimado. O meu irmão ainda não chegou a casa. Não se sabe a que horas o meu pai chegará, dispensado por fim pelo doutor. As minhas irmãs continuam no quarto. Não me viro para ver a minha mãe, mas sinto a sua presença, mãe desmedida, este é o mundo onde ela existe.

Quando entreguei o prato e o pano à minha mãe, tinha

a cesta aviada com pedaços de carne acomodados em folhas de couve, pode deixar que eu falo com o meu Rui. A minha mãe explicou-me os destinatários dessas encomendas, orelha, toucinho, ossos, pés, fígado, baço. Antes de sair, passou-me a mão pelo cabelo, uma festa, como se me penteasse. Quando terminei a primeira ronda, estavam as mulheres no começo de encher as farinheiras. O cheiro avinagrado da massa das farinheiras impregnava a divisão. A seguir, com a cesta novamente carregada, as ruas de Campo Maior entardeceram, a cal recebeu diferentes amarelos, acinzentados e azuis, até cair a noite. Quando voltei da segunda ronda de distribuição, mãos agradecidas a receberem as encomendas, olhos regalados a apreciarem a carne, a textura da carne sobre a couve, a minha mãe esperava-me com a vasilha do leite, tinha essa intenção planeada desde sempre. Depois do morno do sebo e da palha, depois do olhar mal iluminado das vacas, depois das ruas, noite antes do serão, gente a voltar para casa, cheguei com o quarto de litro de leite, mais um ou dois dedos por paga de bom freguês. Foi ao entregar a vasilha que a minha mãe me prometeu a nata. Eu conhecia já o desenvolvimento desse gesto, não era a primeira vez. Entrei em casa e sentei-me à mesa com as minhas irmãs, a pequena não estava ainda farta de brincadeira. Sopa de feijão com massa, a minha mãe sempre de pé, a ir de uma tarefa para outra, acabámos de comer em silêncio, as sombras engrossavam nos cantos. Mas a pequena estava ainda esperta, não pensava em sono, e a minha irmã Cremilde fazia-lhe a vontade, as suas vozes a desmontarem-se até serem risos e, sem esforço, a transformarem-se outra vez em vozes. Recolhida a loiça, quando fui buscar o caderno da escola e me sentei à mesa, arrumado ao candeeiro de petróleo, a minha mãe deu ordem às raparigas para irem para o quarto, não se importaram, sabiam que lá estariam mais soltas. O carvão do lápis, no papel, sob a luz do candeeiro, penumbra, era feito de sombra, escrevi letras com sombra. O tempo, a minha mãe e eu, todos os objetos da cozinha.

E, há poucos minutos, voltei a guardar o caderno, os trabalhos terminados, aptos para o olhar do professor e, imediatamente, os sons do alumínio e do esmalte, a vasilha de alumínio a verter o leite para o púcaro de esmalte. Apercebo-me ainda do momento em que arrumei o púcaro às brasas, a raspar no chão de cinzas, ao lado da cafeteira com água que está sempre encostada ao lume. Esse momento aconteceu e está ainda a acontecer, existiu o ponto em que tudo era esse momento, e existe este ponto arrastado em que é um eco, imagem desfiada, composta por notícias em que só agora reparo.

Interrompendo um raciocínio, de repente, como se me quisesse apanhar desprevenido, o leite sopra um arrufo e lança-se; mas os meus reflexos são imediatos, inclino-me e puxo o púcaro. A minha mãe dá conta deste gesto. Tem tudo preparado, abre a lata do café.

Fixo-me nas minhas mãos de rapaz de nove anos, o tamanho e a forma dos dedos, as unhas, a pele da palma das mãos, os pulsos. Reparo nos meus braços, na proporção do meu corpo em relação ao que me rodeia, esta cozinha, a cozinha dos meus nove anos, reparo neste tempo, serão da minha infância, inverno, dia de semana, o meu irmão que ainda não chegou, um homem com dezasseis anos, as minhas irmãs, a Cremilde com onze e a Clarisse com sete, e o meu pai, que também ainda não chegou, o patrão não lhe concedeu anuência, mas que está em algum lugar, a respirar, a ver alguma coisa, quase de certeza a pensar em nós, quase de certeza a pensar que gostava de estar aqui.

E esta hora tão precisa, intensa, a minha mãe, resguardada pela luz e pela escuridão, o candeeiro de petróleo a aguentar todo o peso da noite. A minha mãe com a cintura envolta em nuvens, entorna a água sobre o coador. É café do melhor, trazido de Espanha pelo meu tio, é ouro. Vai preparar canecas de café com leite para as minhas irmãs e para mim, para o meu irmão mais tarde, a Clarisse irá lamber os lábios para não desperdiçar nenhum cristal de açúcar, a minha mãe irá desfrutar do consolo de ver-nos consolados. Caem as últimas gotas negras pelo bico do filtro, cone invertido, o eflúvio do café.

A minha mãe vira-se para mim, entro nos seus olhos, são olhos verdadeiros. A nata já solidificou sobre o leite fervido. Os olhos da minha mãe, limpos, o seu rosto, esta é aquela juventude que ficará aqui, teremos de avançar sem ela, teremos de continuar, não poderemos deter-nos por nada, nem sequer por aquilo que mais importa, pela única coisa que importa. Ainda estamos sozinhos na cozinha, a minha mãe ainda não preparou as canecas, ainda não misturou o leite, ainda não as adoçou, ainda não chamou as minhas irmãs, ainda não sabe o que vai acontecer ao meu pai, faltam tão poucos anos, ainda não envelheceu, a minha mãe ainda não envelheceu. A minha mãe, os seus olhos jovens e limpos e eu com nove anos, o meu Rui, pode deixar que eu falo com o meu Rui, eu com nove anos, a querer poupá-la de tudo, a querer resolver tudo, a querer segurar-lhe nas mãos e, na hora certa, a querer sussurrar-lhe aos ouvidos: não tenha medo, mãe; não tenha medo, mãe; sou o seu Rui, estou aqui.

Estava escondido atrás das ramas e das flores de um loendro. Com os joelhos pouco dobrados, espreitava o motorista. As flores exageravam no cor-de-rosa e, ao mesmo tempo, tingiam o ar com um perfume doce, grosso, meloso. O sol começava a aquecer e, também por isso, o perfume apurava o açúcar.

Tomou uma posição mais justa, endireitou-se, mas não quis aparecer logo, precisava de dar mais alguns minutos. Lembrou-se dos óculos do Marcello Caetano, já era a segunda vez que tinha essa lembrança naquele dia. Mas logo a seguir olhou na direção de Espanha, o olhar atravessou a vedação do estádio, lançou-se no começo da estrada. Os campos de oliveiras certinhas, que cobriam uma e outra berma, chegaram da imaginação, ou da memória, em algum desses lugares os observava também.

Pareciam malucos, os pardais, enrolavam-se em tropelias a baixa altitude, desafiavam o sol, sabiam que, a qualquer momento, podiam entrar pelas copas das árvores e descansar as asas e os bicos. Porque começou a saturar-se de esperar, voltou a dobrar ligeiramente os joelhos e voltou a espreitar o motorista entre duas pernadas do loendro. Lá continuava ele, intrigado, encostava-se e desencostava-se da porta do automóvel, cumprimentava um transeunte, bom dia, trocava frases avulsas com os bombeiros que davam um passo fora do quartel.

Na primeira hora da manhã, quando o senhor Rui chegou de fato de treino, sapatilhas atadas com largos laços, o motorista ficou logo com duas palavras presas na garganta. A rotina é uma forma de lógica; por isso, durante o caminho para o estádio, poucos minutos em ruas sem trânsito, o motorista franziu a cara e calculou há quantos anos o patrão não começava o dia com aquela ginástica. Não alcançou um número certo. Em vez de concluir esse raciocínio, dedicou-se a pequenos sinais, gestos ou sugestões, espécie de pequenas perguntas ocultas, discretíssimas. Mas o patrão, senhor Rui, optou por olhar para o lado, ignorar o rosto metediço no espelho retrovisor e restantes códigos.

No estacionamento, puxado o travão de mão, quando o motorista se ofereceu para acompanhá-lo, recebeu logo resposta negativa, o senhor Rui levantou a palma da mão e agitou-a. E prescindiu de outras palavras, apenas um certo tom, cara sisuda. Às vezes, fazia falta esse rigor. E afastou-se em linha reta, na medida do possível, para o circuito de manutenção. Nos pensamentos, quase ofendido, parecia-lhe que aquele interesse desafiava as suas competências e respondia a acusações que não tinham sido realmente feitas. Era a idade, cismou que a desconfiança do motorista nascia do tema da idade. Os novos têm a arrogância do que desconhecem, bamboleiam-se todos manientos, carregados de presunção, sem repararem que levam um céu de pedra suspenso sobre a cabeça, nuvens esculpidas. Está mesmo ali, bastaria um movimento de pescoço para enxergá-lo, mas ficam de olhos turvos quando dirigem a vista para certas lonjuras, conforme olhos de peixe morto, ganham a mesma capa de cegueira.

Influído por esse despique, passou diante das bilheteiras do estádio do Campomaiorense, quatro buracos quadrados numa parede, e entrou no circuito de manutenção. Seguia de queixo erguido, acompanhava os passos com movimento atlético de cotovelos ao longo do corpo mas, de repente, os artelhos tomaram outra decisão. E, logo os dois ao mesmo tempo, lançaram uma pontada que lhe apanhou os calcanhares, o peito dos pés, articulações, tendões, músculos. Só teve tempo de se encostar ao vulto do loendro e serenar. Pensou numa cadeira ou num banco, mas aquela sombra já era de valor. Fechou os olhos, encheu os pulmões. Lembrou-se do sentinela no Quartel do Trem, a hora de sair, licença, e o sentinela lá estava, sempre um rapaz amedrontado, por mais que o escondesse numa cara desta ou daquela maneira, um rapaz em sentido, a cabeça a assar no capacete, os pés a ferverem nas botas, meias de fio áspero. Abriu os olhos, esvaziou os pulmões. Já tinha os calcanhares mais acomodados, mas sabia que voltariam a doer se tivesse a extravagância de lançar-se em novo andamento. Lembrou-se das razões porque deixou de fazer aquela caminhada, pequena derrota, mais uma.

Foi nesse momento que, dentro daquela primavera, dobrou ligeiramente os joelhos até achar uma abertura entre verde e cor-de-rosa e, a partir desse mirante, avistou o motorista. Precisou de dar alguns minutos, não queria aparecer logo, mas faltou-lhe paciência para grandes esperas. Agradeceu em silêncio pela preferência matutina, por ter chegado cedo ao circuito de manutenção, antes de sombras fugidias que o julgassem, e saiu do loendro muito aprumado, como se viesse a caminhar no seguimento de uma andança séria, enquanto esticava e encolhia os braços para a frente.

Sem explicações, entrou no automóvel, sentou-se, bebeu de uma pequena garrafa de água, muito digno. Não foi preciso dizer nada ao motorista, que regressou à segurança de saber para onde iam em seguida. As ruas da vila apresentavam nova animação, motorizadas, gente que aparecia à janela, cães a darem algum passeio, arrumados à sombra das paredes.

Muito bem-disposto, passou o portão da torrefação Camelo, sorriso aberto, dentição luminosa. A sexta-feira sentia-se da forma subtil com que os dias da semana se distinguem uns dos outros, o tempo roda. As pás giravam sobre os grãos de café, arrefeciam-nos depois da torra, como se estivessem ali para fazer uma demonstração prática dessa qualidade cíclica do tempo. Mas faltava vontade para teorias, o trabalho estava já em plena ação, conforme se desejava. O encarregado largou logo qualquer coisa que podia esperar e, lampeiro, avançou na direção do senhor Rui, que também seguia na direção dele. O que diziam foi abafado pelo afã das máquinas, falavam de assuntos que pouco interessariam a quem não partilhasse o brilho nos olhos de um e de outro. O patrão, claro, tinha a sua história, as lembranças que bastas vezes lhe cruzavam a ideia, em pequeno a aprender com o pai e com o tio, e todas as suas idades, a decidir cada evolução daqueles armazéns, até ser um homem de oitenta e nove anos, até ser aquela a sua empresa de estimação, pequena entre outras empresas do grupo que, àquela mesma hora, eram preocupação da sua descendência. Depois de tanta veterania, algum privilégio havia de lhe calhar.

Conversaram com gosto, as notícias do café vinham com otimismo. Estavam de costas voltadas para a montanha de sacas de juta, as figuras dos dois homens recortadas nesse fundo. Não se tratava da pilha de sacos que está logo à esquerda de quem entra, mas sim os outros, os que estão um pouco mais à frente, à direita, café do Uganda, esse nome gravado nos sacos: Uganda Natural Robusta Coffee. O fim da conversa foi assinalado por alguns pequenos passos e, logo a seguir, duas ou três passadas rijas. A propósito de algum detalhe, o senhor Rui disse uma graça a dois rapazes com farda da fábrica, rapazes de cinquenta e tal anos, calças castanhas, camisola vermelha, grená, cor de romã madura, boina na cabeça, óculos. Riram-se os dois, como era próprio, um deles acrescentou um comentário conveniente e tratou-o por senhor comendador.

Já na sala de embalagem, três mulheres cumprimentaram-no com a deferência de uma sílaba pouco articulada, talvez sem consoantes, a mesma que usavam em todas as manhãs que o senhor Rui decidia entrar ali. À margem dessa etiqueta, a máquina repetia a sua música, a sua sequência infinita, os pacotes chegavam em fila, altivos, novos e brilhantes, deslumbrados, a verem o mundo pela primeira vez a partir de uma passadeira de metal e, por fim, encontravam as mãos da mulher que os alinhava no interior de uma caixa de papelão, prontos para se lançarem numa viagem que ainda desconheciam. O senhor Rui cumprimentou as funcionárias também com uma sílaba, mas afinada por outra nota. Perguntou a uma delas pela mãe. Recebeu resposta e agradecimento: senhor comendador.

Tinha pressa de ir ter com a mulher, de certeza que já estava bem acordada. Durante um par de minutos, inclinou-se lá de cima, sobre a linha dos fornos que caramelizavam a alfarroba. Havia trabalhadores a varrerem cinza, a carregarem caldeiras, cada um a cumprir a sua função. Pouco faltaria para haver espanhóis a tomarem aquela mistura, no *desayuno* em casa ou encostados à *barra*, como eles dizem. A torrefação Camelo é uma máquina certa, nunca se cansava de repetir. Lembrou-se do bolo seco na boca, a mastigá-lo, as pessoas vestidas com as melhores roupas, voltas e voltas na boca, havia muito que essas pessoas não teriam conseguido imaginar. Desembaciou os olhos. À sua frente ainda estavam os homens que trabalhavam nos fornos, sorriu para todos eles.

Voltou à divisão dos sacos de café, Uganda, das máquinas a torrar grãos, das pás a arrefecê-los. Desbarrigado, indiferente ao fato de treino fora de moda, levava uma alegria que era uma espécie de vaidade. No entanto, mesmo à beira da saída, o encarregado quis dar-lhe uma palavra mais sóbria, falou do lugar onde o senhor Rui tinha de ir nessa tarde.

A pensar no lugar onde tinha de ir nessa tarde, aquela hora mudou de cor. O sorriso esmoreceu no rosto do senhor Rui, senhor comendador.

3.

Era um veio de acidez, podia avançar por ele, isolá-lo do resto do sabor. Nesse exercício, conseguia identificar um tipo de frescura que sugeria a imagem de maçãs verdes, como quando descascava uma maçã noutro tempo e a lâmina da faca tinha riscos húmidos e a carne da maçã sangrava pequenas gotas de sumo ácido. Mas, claro, reconhecia também o doce, a sua preferência. Em alguma idade teria aprendido esse gosto, o doce confortava-o. Todavia, o doce era complexo. Ali, aquecia-lhe ligeiramente a boca com um morno que, sem inventar, lhe trazia a memória de bolachas da infância, bolachas maria em dias assinalados.

Pousou a chávena no pires, o som da loiça. A manhã entrava inteira por aquele momento, assentava nas paredes brancas, pousava em toda a extensão da mesa, na toalha, no cesto do pão, nas palavras que a mulher dizia. Ao olhar para a mulher, sentiu ainda o peso do café sobre a língua, a espessura, sentiu também o seu nome bonito, Alice. O líquido descia-lhe pela garganta, desaparecia, e o sabor do café evaporava lentamente no interior da boca. Nesse processo, desenrolava novos sabores ou, talvez, novas gradações do mesmo sabor, como tons de uma cor, castanho. Aquilo que a mulher dizia apresentava uma delicadeza semelhante, estendia um enredo de filhos, netos e bisnetos, que se cruzavam em múltiplas direções, nomes que se enredavam, Helena, Rui, Ivan, Rita, João Manuel, Marcos, nomes dispostos em várias ordens; e também as crianças, os filhos do Rui, do Ivan, do Marcos; nomes a formarem várias ligações, mapa de muitos caminhos, como se todos fossem filhos, primos, sobrinhos, irmãos uns dos outros; e também as crianças, nunca esquecidas, crianças de todos, futuros pais, futuros avós, futuros bisavós.

Passava pouco das nove. Era abundante a claridade daquela hora, luz perfeita para receber planos como os que eram descritos pela mulher, a voz frágil da mulher, Alice. Ele fixava-lhe o rosto e reconhecia os olhos de quando só tinha ordem para vê-la ao longe, não podiam aproximar-se, mas já sorriam, ele sempre sorriu. Sorria também naquele instante, diante da mesa cheia de tudo, até do que nenhum dos dois teria apetite para comer, enumeração colorida e multiforme de alimentos, e a camisa branca, ligeira sobre a pele fresca do banho, e Alice, repetia o seu nome sempre que podia na cabeça. Que vida teria tido sem ela?

Há lições que só se aprendem depois de uma vida inteira. Quando se tenta transmiti-las a outros, eles conseguem apreender a superfície, o raciocínio, mas, por muito espertos, não conseguem entender realmente do que se trata, precisariam de uma vida inteira, não se exige menos do que isso. Talvez um dia cheguem a entender essa lição; então, talvez se lembrem de quem tentou ensinar-lhes essa matéria pela primeira vez.

Lembrou-se da Pousada de São Lourenço, Manteigas. Lembrou-se do Hotel Grão Vasco, Viseu. E reparou no silêncio: a mulher compenetrada. Enquanto passava o guardanapo pelos lábios, a mulher aproveitava para ajeitar na cabeça um resto de detalhes que lhe sobraram do discurso. Que vida teria tido sem ela? Não seria ele, não seria o homem que estava ali. Sem ela, ele não seria ele.

Quando se levantou, caíram algumas migalhas, poucas. Disse à mulher que não viria almoçar a casa. Lembrou-se do lugar onde tinha de ir nessa tarde, ganhou uma sombra no rosto e acrescentou: passo por cá para mudar de gravata. Por respeito à sobriedade do assunto, não fizeram outros comentários.

Enquanto enfiava os braços nas mangas, deixou uma recomendação sussurrada à empregada que lhe segurava o casaco, queria assegurar-se do bem-estar da mulher. A empregada já contava com essa tarefa, concordou imediatamente. Sozinho, acertou o casaco no corpo e o relógio no pulso. A empregada já estava a levantar a mesa, mas a mulher continuava sentada. Antes de sair, ele aproximou-se, pousou-lhe uma mão no ombro e beijou-lhe o cabelo.

Entro em casa, sinto a sombra da casa, que é diferente da sombra da rua, embora esteja quase a anoitecer, embora o calor desta tarde já tenha arrefecido, a brasa desta maldita passagem de agosto para setembro, e a minha mãe puxa-me à parte para falar. Não está mais ninguém na cozinha, mas a minha mãe traz uma voz de circunspeção, assunto entre mim e ela. Tirou o lenço preto da cabeça, está em casa, mas não tirou a gravidade, a cara constrita. Aproxima-se de uma gaveta do louceiro, abre-a com as duas mãos, apanha um envelope, abre-o e tira um papel dobrado, lê lá isto.

Excelência, diz o papel. Na pouca luz, deslizo pelas palavras, a ponta dos lábios a acompanhar essa leitura miúda, a zumbir pelo essencial das sílabas. São verbos escolhidos pela formalidade, é uma carta para o presidente da República.

Dobro o papel pelos vincos originais, devolvo-lhe com um gesto brando, é precioso. A minha mãe recebe-o com a ponta dos dedos, dedos lisos, volta a colocá-lo no envelope, muito cuidadosa. Abre a gaveta, fecha a gaveta. Esses sons da madeira ocupam este momento. Ela entende o meu silêncio, significa que a carta está correta. A minha mãe não sabe ler palavras escritas, não sabe ler letras como as que estão dactilografadas na carta para o presidente da República, mas sabe ler muitas outras coisas, sabe ler sinais ínfimos, sabe ler atitudes em que mais ninguém repara. A minha mãe é uma mulher inteligente e viúva, agora quem tem de tratar da vida somos nós, ela e eu.

Compreendo que a minha mãe tenha dado despacho a esta carta. Imagino-a nas ruas de Campo Maior, obstinada, vulto preto debaixo da força do sol, a escolher o caminho mais rápido. Depois, a explicar-se, talvez até a ensinar alguma coisa ao rapaz que lhe escreveu a carta, versado em correspondência desta ordem, e Vossa Excelência, e cordialmente, e atenciosamente, mas com muito por aprender acerca de uma mãe a pedir pela sua família.

Inquietou-se assim que afixaram a lista dos nomes para a inspeção. Não pode ser, disse logo ou, se não chegou a dizer, foi como se dissesse. Pensei o mesmo, mas sei que não o disse em voz alta. Continuei a acordar à mesma hora, a chegar à mesma hora à torrefação. Não faltei à inspeção e, ao lado dos outros, despido como os outros, fiquei apurado. Foi a minha mãe que tomou esta iniciativa, foi ela que estendeu a nota e pagou ao rapaz que escreveu a carta. A minha mãe é uma mulher de boas contas.

A carta diz que a minha mãe é uma viúva e que eu sou órfão e, percebo agora com toda a certeza, é isso que somos. É mesmo isso que somos. Com palavras que a minha mãe não usaria, a carta roga ao presidente que me passe à reserva militar, ou que me permita cumprir o mínimo indispensável. A carta diz que sou o amparo da família e, com o meu irmão casado e a minha irmã casada, a família agora é a minha mãe, a minha irmã Clarisse e eu.

Vamos esperar, mãe. Amanhã, a carta seguirá pelo correio,

de Campo Maior a Lisboa, da minha mãe ao presidente da República. Leva apelos à nobreza da alma e do coração de Vossa Excelência. Vamos esperar, mãe.

Dirijo-me ao jarro, encho-o de água. As minhas botas fazem ruídos de homem na casa. Despejo água no lavatório, mergulho as mãos nesse fresco. Encho devagar as duas mãos juntas. Lanço-as sobre o rosto.

O cheiro da noite cobre todo o quartel. Os edifícios e a natureza renovam-se. As pedras libertam o calor que trazem dentro, ascende, mistura-se com aragens que passam rente à cal e às telhas, finalmente arrefecidas por este céu negro, estrelas e um risco de lua. A isto chamamos o fresco. Às vezes, para além dos muros do quartel, há cães que ladram até se cansarem, fazem parte da própria noite. Os latidos desses animais, habitantes de quintal ou peregrinos nas ruas de Elvas, existem sobre um fundo universal de grilos. Lá além, na distância do pátio, um morcego desaustinado cumpre círculos mal traçados à volta da única lâmpada acesa, candeeiro oxidado.

Tenho preguiça de olhar para o relógio, tenho preguiça de abrir a boca. É o meu amigo mais sincero que, sozinho, compõe esta lamúria, parece cantá-la. Relata histórias de Campo Maior que já conheço, repete considerações. À falta de notícias, rumina. Essa toada junta-se aos outros sons e embala-nos. Estamos aqui, sentados nos degraus, à entrada da caserna. Estamos os dois de camisola de alças, algodão grosso e branco, cinto desapertado nas presilhas, botas arrumadas ao lado, os dedos dos pés precisavam de largueza. Esta altivez de sermos os últimos ainda acordados nasce de já vermos o fim da recruta, temos a tropa quase despachada, já conseguimos fazer planos para o juramento de bandeira, estamos acostumados ao cabelo rapado.

O meu amigo mais sincero tira o cigarro que tem entalado atrás da orelha. Escolhe um fósforo da caixa, risca-o e, à primeira, provoca uma explosão na noite. Fecha um olho enquanto aproxima a chama da ponta do cigarro, sorve o ácido da brasa. Agita o fósforo, apaga-o no ar. A boca: longa baforada de fumo. Conhecemo-nos de invernos e de verões, de todos os recreios da escola, juntos na mesma classe, conhecemo-nos da praça da República. Se fosse preciso, conseguíamos descrever cada miudeza do pelourinho: a boneca de pedra a carregar a balança e a olhar em frente, com nódoas de musgo seco; as quatro argolas a apontarem para os pontos cardeais, talvez ainda à espera de condenados. Desde que montaram o pelourinho na praça, ficámos tantas vezes a analisá-lo, novo e antigo ao mesmo tempo.

O silêncio puxa-me as ideias e, logo a seguir, as palavras. Hei de juntar fortuna, digo em voz alta. O meu amigo mais sincero fica a olhar para mim, o fumo ganha-lhe novo gosto. Hei de juntar fortuna e, vais ver, hei de arranjar uma casa como é devido. E acrescenta ele: como nunca se viu em Campo Maior. Não é preciso, digo eu, basta uma casa onde não falte nada. Ofereço dois segundos ao silêncio, penso na Alice, daqui a pouco estamos casados, e continuo: hei de ser um rico diferente dos que há por aí.

As estrelas ensaiam a representação gráfica do canto dos grilos, são pontas de agulhas espetadas em tudo o que nos inclui. O meu amigo mais sincero diz: eu, quando for rico, só hei de comer pão com azeitonas.

A noite apaga o cigarro, vamos mas é dormir. Quando nos levantamos dos degraus, os joelhos estalam. Agarramos nas botas. O Batalhão de Caçadores nº 8 está ferrado no sono. Entre beliches de ferro, atravessamos roncos e outros sons do corpo, cheiro de rapazes e de pés. Cada um encontra o seu colchão e procura as suas mantas, riscam a pele, espécie de lixas cinzentas. Daqui a pouco, a alvorada, a formatura em sentido e, logo a seguir, a vida.

* * *

Mastigo o bolo, é seco, agarra-se às paredes da boca. Lanço-me a mastigá-lo com novo ímpeto, mas é a boca inteira que vai ficando seca, voltas e voltas até parecer que só estou a mastigar farinha. Molho a ponta dos lábios num cálice de licor, mistura, entorna-se doce sobre a massa mastigada do bolo. Ao meu lado, a Alice concorda com tudo o que a minha mãe lhe diz, voz grave, não consigo distinguir as palavras, são pronunciadas com intenção. A Alice tenta sorrir, esforça os lábios, mas apenas consegue um sorriso nervoso: uma menina perante uma mulher.

Agora, felizmente, as conversas das pessoas cruzam-se sobre as cabeças, à beira do teto. Passou pouco desde que estávamos todos em volta da mesa, o tempo listrado por momentos constrangedores de toda a gente calada, o que acentuava o olhar triste da minha mãe e, ao mesmo tempo, parecia retirar o motivo para estarmos nestes trajes: eu de fato, sapatos novos, brilhantina, a Alice com o vestido de noiva que costurou com a mãe. Somos uma dúzia de pessoas, mais duas ou três, comemos o ensopado de borrego, as sopas migadas com a navalha, as colheres a baterem na loiça, a minha irmã Cremilde a recolher os pratos, a ajudar, com o seu melhor vestido, arranjada, a passar com uma pilha de pratos, alguns ossinhos, os mesmos pratos onde comíamos todos os dias.

Assentou a calma. Era isto. O desconhecido para onde me dirigia era isto. Mas esta manhã, com mais nervos, a imagem da minha mãe, das minhas irmãs e de algumas vizinhas, não sei quantas, poucas, a fazerem duas paneladas de ensopado de borrego, tinham medo que não chegasse, e a terminarem algum bolo, talvez este pão de ló que engulo agora, a espetarem uma palhinha para ver se estava cozido por dentro. Depois, faltavam minutos para as quatro da tarde, a darmos dois passos pelas ruas, e a igreja: a minha mãe abatida, soterrada pela ausência do meu pai, o preto opaco da roupa, macerada pelo altar e pelo rosto das figuras; a minha irmã Clarisse, com ataques de tosse a chegarem--lhe do fundo da garganta, a ecoarem por toda a igreja, restos de expetoração a vibrarem desde o fundo dos seus frágeis pulmões até às abóbadas de cimento do templo; a minha irmã Cremilde e o marido, mulher de armas, a segurar a família como aço; o meu irmão e a mulher, prontos para tudo, vigilantes; o meu tio Joaquim e a minha tia espanhola; o meu padrinho e a minha madrinha, solenes. Ainda à civil, o padre assomou-se da porta para a sacristia, a confirmar que estava tudo bem. E, passados minutos, a Alice: o seu rosto, o vestido de noiva, um ramo nas duas mãos, sorri-lhe à distância para a tranquilizar. A família da Alice tomou a sua posição, mãe, irmãs, alguns parentes. E a cerimónia, as palavras do padre eram enormes. Havia demasiada igreja para um ajuntamento tão modesto.

Alguém me enche o cálice com mais um dedo de licor. O meu irmão puxa-me pelo cotovelo. Quer dar-me instruções de mecânica, o óleo, as velas, a temperatura do motor. Não se fia na minha habilidade, deixo-o falar. O nosso pai teve mais tempo para o ensinar a ele. António, costumava chamar o meu irmão, ou mencionar o seu nome a meio do que estava a dizer. Nesta sala onde o meu pai esteve, neste instante em que falta de maneira tão carregada, lembrar a sua voz é uma pontada no peito. Tenho vinte e dois anos, casei-me há um par de horas, dia 25 de outubro de 1953, creio que esta pontada nunca vai desaparecer. Nunca vai desaparecer.

Por cima do ombro do meu irmão, distingo a Alice, ainda escuta as advertências da minha mãe; os nossos olhares cruzam--se, diz-me alguma coisa com essa intensidade, com um ligeiro gesto de sobrancelhas. É agora a minha mulher, estranho pensar nela assim, mas hei de acostumar-me. E ainda hoje, enfim sós, hei de segurá-la nos braços, ninguém poderá impedir. E amanhã, sairemos de automóvel, o meu irmão que não se apoquente, conduzo melhor do que ele, seguiremos o itinerário de pousadas e hotéis que o senhor Lopes traçou: direitos a Manteigas, Serra da Estrela, depois Viseu, bela cidade, diz o senhor Lopes, depois o Porto, não podes perder o Porto, rapaz, depois a Figueira da Foz, depois Nazaré, praias sem igual, depois por aí abaixo de regresso a casa. O senhor Lopes, da torrefação em Lisboa, conhece o país de ponta a ponta e trata-me por rapaz.

O meu irmão já não sabe que mais conselhos dar. Se hoje não fosse dia de festa e se não fosse o meu irmão, havia de me amuar com ele. Comprámos o carro juntos, Fiat 1400, matrícula IE-18-82, de onde vem tanta desconfiança? Depois desta viagem, lavado e polido, o automóvel vai ficar ainda melhor do que agora, mais ligeiro, mais rodado.

Aproximo-me da Alice, dou-lhe a mão, minha mulher. Será que me vou acostumar também a estes dedos finos? A aliança deslizou na pele suave, gasta apenas pelo trabalho da costura, sinto agora essa pele, a temperatura. E parece-me que podia ficar nesta sensação, estabelecer-me no seu interior. Uma imagem tão agradável, escapo discretamente com o rosto para assistir a essa imagem: as nossas mãos juntas.

A minha mãe terminou a conversa há minutos, mas continua aqui, acompanha-nos no modo como olhamos em volta. Faz um esforço para seguir a festa, mas é uma mulher encolhida. Não foram assim os seus sonhos para este dia. Onde está o meu pai? Procura-o às vezes, não consegue resistir. E não quer parar de procurá-lo, o átomo de esperança desse impulso compensa a dor avassaladora que lhe dá a constatação da sua ausência ou, pelo menos, é melhor do que nada, nada absoluto e definitivo.

Rui, diz a Alice, a minha mulher. E há este instante exatamente entre o meu nome, ela a chamar-me, e o que virá depois.

Neste instante, nesta pausa entre o meu nome e a palavra seguinte, há esta sala, as nossas famílias, os nossos rostos, vinte e dois anos eu, vinte anos ela, há a breve memória do meu nome dito pela sua voz e há tudo o que virá depois. Estas pessoas, vestidas com as suas melhores roupas, suspensas neste instante, não imaginam o que virá depois, o presente levanta-se à sua volta como as paredes desta sala. Mas eu sei o que virá depois, eu sei o que virá depois, os meus olhos enchem-se dessa verdade.

4.

O rapaz que tem o problema nos olhos ensaia uma melodia a tossicar, a fingir que tosse. Dois ou três rapazes, e mais alguns a seguir, riem pelo nariz. Apertam os lábios para conter o riso, sai-lhes pelo nariz. Sem explicação, sons como esses, isolados no silêncio da sala de aula, a chuva a cair muito devagar lá fora, ganham uma graça inusitada. O quadro tem o nome da vila e a data de hoje escritos a giz branco: Campo Maior, 23 de janeiro de 1940. O dia de ontem também lá está, mal apagado, alguns restos de palavras debaixo da névoa. O meu amigo mais sincero é dos que está sempre pronto para a galhofa, qualquer pretexto lhe serve. Sinto-me na obrigação de levantar o queixo do livro e deslizar um olhar reprovador pela sala, varro-a lentamente. E fingem que não fizeram nada, desligam a vivacidade no rosto. Mas há um ou outro que permanece na fronteira do desafio. Desses, o pior é o rapaz que tem o problema nos olhos.

Fica o Rui, foram as últimas palavras do professor. Em rigor, não foram exatamente as últimas, mas foram as que prevaleceram. Com elas, ganhei uma posição instantânea. Antes disso, apontou-nos uma página do livro de leitura. Depois disso, saiu. Durante minutos esperámos que o professor se afastasse, demos tempo suficiente para uma leitura rápida, por formalidade, a vista a passar por cada letra, mas sem entendimento das frases.

Não é a primeira vez que o professor me deixa de vigia, nenhum rapaz se admirou com essa nomeação. Termino de ler, deixo a página do livro e regresso à visão da sala. Estão a rir de alguém que fungou. Pelo ruído, deu para avaliar a consistência da viscosidade. Veio do lado do rapaz que tem o problema nos olhos, é ele que está regalado e desafiante. Há um entendimento: ele não se mete comigo, sabe que não haveria quem o safasse do meu irmão António, e eu não me meto com ele. Um dia, talvez adivinhando problemas que queria evitar, o meu irmão pediu para não o tratar pelo nome que os outros lhe chamam, menção ao problema dos olhos, sílabas que o deixam perdido, disposto a estafonar a cabeça de alguém. E volta a limpar a garganta com a mesma tosse, a mesma melodia. Pouco receia a palmatória, ossos rijos, não se incomoda com os safanões do professor. O meu amigo mais sincero pertence aos poucos que ainda acham graça.

Não assinalo nomes, falta-me paciência. Em vez disso, olho pela janela. São janelas altas, boa madeira e vidro mociço. A chuva cai como uma revolução de gotas muito miúdas no cinzento, uma penugem a pairar, animada pelo vento. Alimentação e Salsicharia Senhora Maria Azinhais, a minha mãe, senhora Maria Azinhais, onde andará a minha mãe? Está de certeza na venda, mas o que estará a fazer? Sou capaz de imaginar esta chuva a entrar pela porta aberta, a molhar um passo no seu interior. Estará o meu pai agora a conduzir o carro do patrão? As escovas a passarem pelo vidro, sem hesitações, para um lado, para o outro, marciais. E o meu tio? A ideia do rosto do meu tio faz-me sorrir, mas ninguém repara. Estão todos calados, nem respiram, tentam distinguir os passos do professor, analisam cada minúcia, pedacinhos partidos de sons vindos da sala das meninas ou do mês de janeiro. Na cabeça, agradeço este silêncio. Continuem assim.

Como uma névoa especialmente nítida a envolvê-lo, a flutuar-lhe à volta da cabeça, levava a imagem da mulher. Enquanto o corpo do senhor Rui desempenhava os movimentos de atravessar o pátio de casa, caminhando ao longo de vasos, plantas que o saudavam sem palavras, enquanto se inclinava para abrir o portão, o trinco à altura das coxas, focalizava a memória recente da mulher, as sobrancelhas, uma ruga que lhe saía do canto do olho esquerdo, as mãos. Essas eram peças de uma noção mais ampla, que também incluía a voz da mulher a arquitetar os planos para domingo, rede de netos, que também incluía o seu nome, Alice, como um perfume, que também incluía sessenta e sete anos casados, presença inseparável do que imaginava, sentido.

Uma das muitas diferenças do passado é a própria natureza do tempo: os acontecimentos sucediam-se a outra velocidade, a atenção tinha diferentes virtudes, o tempo passava de outra maneira. Antes, há dez, vinte, trinta anos, saía de casa, atravessava a rua e chegava ao escritório no interior de um pensamento. Estava em casa, pensava em alguma coisa e, quando reparava, estava no escritório, a falar para alguém. Desde há alguns anos, contudo, havia cada vez mais momentos em que precisava de prestar atenção a cada passo, literalmente, onde assentava o pé, confirmar a estabilidade do terreno e garantir que pousava bem o pé antes de firmar o peso do corpo, alinhado sim, equilibrado sim. Lembrou-se do circuito de manutenção, o fato de treino, essa rotina há alguns anos, os progressos que identificava. Lembrou-se da agilidade. Mas teve de voltar a reparar no chão que pisava. Ao mesmo tempo, apercebeu-se de que viver num lado, atravessar a rua e trabalhar no outro lado era uma situação muito significativa, simbólica.

No passeio, já com o portão fechado, sentiu uma camioneta que se aproximava. Poderia ter chegado à passadeira em dois passos, pouco mais de dois segundos talvez, mas abrandou, não queria que a camioneta ficasse parada à sua espera, não queria ser obrigado a atravessar à frente do condutor e dos passageiros da camioneta, plateia especada. Virou-se apenas quando essa viatura já tinha passado, rugido e rajada de vento. Certificou-se à esquerda e à direita; e começou a atravessar a passadeira, linhas de pedras brancas, calcetadas sobre um fundo de pedras cinzentas, granito paralelepípedo. A meio do trajeto, num intervalo mínimo da atenção que dispensava àquela tarefa, deu pela presença de um homem encostado ao choupo que faz esquina com a sede. Também esse homem deu por ele e desencostou-se.

À sombra, o homem abordou-o: desculpe, senhor comendador. Antes que continuasse, o segurança da sede, camisa de manga curta, gravata e identidade penduradas ao pescoço, cartão com fotografia tipo passe, aproximou-se a repetir que tinha pedido ao indivíduo para não o esperar ali. Não fazia mal, disse o senhor Rui com um movimento do queixo, tinha um instante, de que se tratava? O homem era um rapaz de trinta e tal ou talvez quarenta anos, e queria emprego, um trabalho. Demonstrava alguma iniciativa e, logo por isso, como era costume, o senhor Rui olhou-o diretamente, enquanto lhe passavam pela cabeça as várias empresas do grupo e as muitas funções que demandavam. Havia o café, claro, mas também havia o vinho ou o azeite, por exemplo; podia vender automóveis, arrendar barracões e terrenos, fazer toldos, chapéus de sol, trabalhar com lona, consertar máquinas, carregar máquinas, conduzir carrinhas ou camiões. O que é que sabe fazer? Atarantado, respondeu que tinha o décimo segundo ano. Sim, mas o que é que sabe fazer? Engasgou-se, falou do avô. Disse que o avô tinha andado à escola com o senhor comendador. Quem era? Referiu o nome inteiro do avô, como se estivesse a dá-lo para constar num documento. Encolheram-se ombros. No passeio, à sombra, os três homens olharam todos uns para os outros. O segurança continuava atento à conversa, também ele sem qualquer ideia acerca daquele nome. O homem, neto de um nome desconhecido, continuou a descrever o avô e, por fim, referiu que o avô tinha um problema nos olhos.

O senhor Rui manteve a expressão, rosto imóvel. Lembrou-se da terra do recreio, grãos de areia solta que deslizavam debaixo dos pés quando corria. Lembrou-se do barulho que a terra do recreio fazia sob cada passada, terra calcada pelos pés de cachopos travessos, e inocentes, cachopos sem mal, a terem de parar de repente quando tocava a sineta, os pés a derraparem na terra do recreio, nos grãos de areia solta e no pó.

O senhor Rui apertou a mão ao homem, como apertava a mão a toda a gente. Pediu-lhe para deixar o nome e restantes dados com o segurança, alguma coisa se haveria de arranjar.

Não há fartura de espaço, só o próprio latoeiro e o meu tio é que estão mais à larga. O latoeiro está sentado, levanta-se quando precisa de usar o torno. O meu tio Joaquim está de pé, tira as mãos dos bolsos, gesticula abundantemente, são como dois pombos soltos diante dele. E volta a pôr as mãos nos bolsos. Os outros homens também estão de pé, mas precisam de se arrumar uns aos outros, alguns têm de se acomodar de lado para caber. A oficina do latoeiro é um cubículo acanhado, quase só um recanto, vale-nos a porta aberta, única fonte de ar e de luz. Eu estou entre os homens, chego-lhes à altura dos ombros, vejo o meu tio de frente.

Os homens apreciam os gestos do latoeiro, confortam-se com esse espetáculo, é por isso que estão aqui, reunidos à volta dele, a fazer proveito desta sombra. São gestos que levantam vários tipos de ruídos, a tesoura a cortar a folha de flandres, o bico de aço a riscar formas de moldes, os vários tipos de martelo a bater, uns de ponta fina, espécie de pica-paus, outros com grandes cabeças de madeira, próprios para grandes bordoadas, os homens a piscarem os olhos ao ritmo desses estampidos. A voz do meu tio serpenteia pelo espaço da oficina, entre os olhos deslumbrados dos homens, ilumina-lhes a pele dos rostos. O meu tio avalia os compassos e o dramatismo dos ruídos do latoeiro e aproveita-os para a sua moda, que vai do sussurro à voz viva. É como se o latoeiro e o meu tio fossem um conjunto musical. Os homens juntaram-se aqui também por causa do meu tio.

Com a exceção do latoeiro, avental sujo, todos estão com as melhores roupas, é domingo à tarde, dia de folga e folguedo. Mas o meu tio Joaquim distingue-se, está noutro nível. É um homem evoluído. Da bainha das calças até aos verbos que emprega, não se compara com estes rostos simples. Tem andado por outros lados, viu outras coisas, sabe mais. Os homens prestam-lhe atenção e, quando abrem a boca, tratam-no por vossemecê, mesmo os mais velhos.

Há ferramentas penduradas na parede, em ordem crescente, decrescente e conforme calha. Além dessas, o latoeiro amontoou limas e alicates sobre um tampo baixo, à mão. Não precisa de levantar-se para desembaraçar uma ferramenta desse novelo. Compenetrado, marreco sobre a peça que vai moldando, faz o seu trabalho. Ainda não se sabe o que sairá dali, talvez um funil, um regador, uma candeia.

Há tiradas em voz alta do meu tio Joaquim que intimidam toda a assembleia. Fala como se não tivesse medo, como se desconsiderasse os perigos. Os homens respondem-lhe em voz baixa. Tarde ou cedo, todos irão trabalhar para ele. Uma travessia de fronteira há de render-lhes mais do que dias e dias no campo.

Absorvo tudo. Que idade tenho? Dez ou onze anos, talvez. Nesse caso, ainda estou na escola, provavelmente na terceira classe. Mas não é isso que importa agora. O latoeiro martela, martela, as suas mãos dobram a folha de flandres. Agora, aquilo que importa são as palavras que o meu tio está a dizer e, em momentos escolhidos, a maneira como olha para mim, demonstrando-me que está comigo, que sou um dos seus.

Lembrou-se de lhe fazerem o pedido expresso para não empregar ninguém, as paredes grossas da câmara municipal, as vidraças a exibirem um mundo reluzente lá fora, e sentado no seu gabinete de vereador, que seria depois o seu gabinete de vice-presidente, e depois de presidente interino, aquela voz a tratá-lo por tu, por Rui, e a pedir-lhe para não empregar ninguém, um pedido parecido com uma sugestão firme, parecido com uma ordem ou um edital, era a voz do engenheiro, como um eco de outras vozes, teorias que já tinha escutado muito, o engenheiro a insistir, só durante o tempo da ceifa, a pedir-lhe que abrandasse as obras municipais, os arranjos disto e daquilo. Lembrou-se da cara do engenheiro depois de perguntar: se continuares a empregar todas as criaturas na câmara, que carestia terei eu de pagar pela mão de obra para a ceifa?

No escritório da sede, segurando papéis com as duas mãos, folheava também estas lembranças. Estava sozinho, a secretária regressaria no próximo ponto da agenda, reunião marcada. Quando deslizava a porta de vidro, deslizava uma leve mudança no ambiente, continha ou libertava a presença de quem trabalhava nas divisões seguintes, diante de computadores, barulho dos teclados e das barras de espaços, a voz de algumas dessas pessoas ao telefone, quase murmúrios, meia frase desgarrada.

Lembrou-se outra vez da câmara municipal. Cinquenta anos

passados? Não gostava desses cálculos, mas não conseguia inibir-se de fazê-los, tinha a cabeça cheia de contas. Perante números, a sua tendência era somá-los, subtraí-los, analisá-los até perceber se poderia retirar-se algum proveito deles.

Lembrou-se do tio Joaquim, a visitá-lo nessa época, sempre gentil, sabia estar, homem de outro tempo mas completamente adaptado à década de sessenta, todos os tempos lhe pertenciam, e chegava sempre em boa hora, nunca interrompia, mantinham longas conversas na sala, o sobrinho queria vê-lo sentado na melhor poltrona. Lembrou-se do otimismo do tio durante essas conversas, pareciam duelos de sorrisos, seria preciso um júri para se saber quem sorria mais, e passava o filho, tão adolescente, ou quase, cumprimenta o teu tio, e lá vinha ele, esquivo, uma ou outra borbulha. Lembrou-se de um jogador de futebol, equipamento amarelo, a marcar uma falta. Mas cortou essa lembrança. Lembrou-se do tio Joaquim, preferiu continuar a lembrar-se do tio, a atenção com que ouvia as notícias da câmara municipal ou, ainda com mais interesse, as notícias das fábricas, negócio florescente, evolução do mundo, tinha um sobrinho fora de série, este orgulho transbordava-lhe pelos olhos, jante com a gente, a mulher entrava na sala, acompanhada ou não pela mãe, e insistia que o tio ficasse para jantar, este sorria com todo o rosto, não sabia responder-lhe que não.

Ser patriarca é, em grande medida, sobreviver.

Lembrou-se desses jantares, guardava boa ideia desses jantares, compensavam o exagero de trabalho, o tio Joaquim animava toda a gente, a mulher e a sogra compunham alguma falta que se sentisse na conversa, a filha franca e gaiata, com cinco ou seis anos talvez, estava sempre pronta a ditar alguma sentença que os enternecia a todos, o filho sabia responder a qualquer pergunta do tio, bom filho e bom sobrinho-neto.

Fazem falta outras capacidades, mas sobreviver é a primeira.

Para ser patriarca, lembrou-se da mãe, ou matriarca, é preciso resistir a cada dia, aguentar estações repetidas, queixar-se pouco dos invernos, ser capaz de acumular anos, e nunca deixar de distingui-los. Ser patriarca é olhar e ver, não largar esse juízo, mesmo que as pernas ganhem indecisão, mesmo que a comida perca gosto; mas até a nitidez é secundária quando se tem os olhos fechados. O mais importante de tudo é continuar cá.

Lembrou-se do engenheiro, de quando o via chegar de frente em algum corredor da câmara e tinha de aturar a reclamação por estarem homens contratados para amanhar uma estrada ou fazer qualquer outro trabalho de cantaria. Lembrou-se do suor a ferver fininho, ao rés da pele, enquanto fingia escutar a descompostura do engenheiro e se mantinha atrás de um sorriso, que o protegia.

Mais de cinquenta anos depois, sorriu à aparição da secretária. Habituada a essa amabilidade, usou o seu melhor timbre para noticiar a reunião das onze da manhã, um dos projetos pessoais do senhor Rui. Os participantes da reunião eram uma mulher e um homem, já tinham chegado. Que entrassem, que entrassem, estava pronto para recebê-los, disse, sem parar de sorrir.

Os óculos do Marcello Caetano são sofisticados. A grossura das lentes não lhe reduz o feitio dos olhos. De bom tamanho, os olhos conservam uma vivacidade amedrontada, não sabem se podem mostrar-se, avaliam quem têm à frente, combatem o medo, e assim que reúnem alguma segurança, deixam escapar um fragmento dessa vivacidade inocente, de menino, mas fracassam quase sempre nas suas expectativas e voltam a retrair-se. A armação prolonga a autoridade das sobrancelhas negras e bem desenhadas. As hastes são mais grossas do que aparentam na televisão.

A voz não diverge muito da maneira como soa no ecrã, descontando o afunilamento que ganha ao sair de uma caixa. É o tipo de voz com falhas, acompanha como pode um discurso que, mesmo ao ser lido com todas as sílabas, arredondado por teatralidade ensaiada, apresenta subtis modulações. Até nesta circunstância, ele a ser o presidente do conselho de ministros e eu a ser o presidente interino da câmara de Campo Maior, até rodeado por decoração que o engrandece, toda a pompa, sentem-se as hesitações, a timidez e, ao mesmo tempo, o medo de parar, a forma artificial como vai ampliando frases, e mais qualquer coisa, e sempre mais qualquer coisa, só para evitar um embaraço qualquer. Tenho pena deste homem. Fez um caminho de bom funcionário para chegar aqui.

Como acontece quando estou em casa, quando ele está a preto e branco, tenho o condão de deixar de ouvi-lo. Em casa, porque entrou a minha sogra, movimenta-se sem querer incomodar, mas os seus gestos a provocarem um silêncio ostensivo, que se impõe sobre todos os sons; aqui, porque prefiro concentrar-me em detalhes, analisar este momento, sei que vou querer contá-lo ao meu tio Joaquim. Por isso, acompanho espaçadamente o que diz, há termos que sobressaem, como se possuíssem uma densidade diferente, atravessam a compreensão. Por exemplo, a palavra *província*, muito longe: se quer agradar, tenta dizer alguma banalidade sobre Campo Maior, fala no Alentejo, além Tejo, ou, em divagação sem rumo, diz a palavra *província* como se falasse de tudo o que não consegue ver desta janela. Se usa o plural, províncias, afasta-se ainda mais. Nesse caso, pode ir até Timor, províncias ultramarinas.

A propósito de vocabulário, pena é uma palavra que humilha. Talvez dó, compaixão ou mesmo enternecimento sejam palavras mais bem escolhidas. Olho para este homem penteadinho, a contenção com que os seus lábios finos se mexem, homem amargurado, percebe-se que não quer estar aqui e, no entanto, não tem outro lugar onde estar. Às vezes, parece aproveitar pausas para imaginar o futuro que o espera: ainda está aqui e já está lá, nesse ponto em que olhará com melancolia para a constatação longínqua de ter estado aqui.

5.

É o enterro do fascismo. Homens, rapazes e cachopos seguem com muito vagar, dobram os joelhos, mas só demonstram algum avanço a cada dois ou três passos. Assim que arribaram à estrada do cemitério, com o fim da vila, inflamaram-se numa gritaria que ultrapassou a que já traziam armada nas ruas, onde se exibiram para mulheres, raparigas e cachopas de cotovelos espetados nos parapeitos ou assomadas às portas.

Poderia imaginar-se que vinham de garganta cansada, nada disso, têm ainda muito para dar até à rouquidão. O fascismo vai deitado no caixão que levam aos ombros, é um monte enrolado de papelões e de morraças. Este fascismo não pesa. Vistos de uma nuvem, talvez haja pardais com esse alcance, seremos um enredo de barulho a avançar muito lentamente pela estrada. Duvido que alguma destas lamúrias chegue até aos restos de nuvens que estão lá em cima a desfazer-se, indiferentes a tal rebaldaria. Contudo, aqui, no meio da multidão, esta mistura de uivos e gargalhadas fere os ouvidos.

Quando chegou a novidade de Lisboa, estávamos todos a

trabalhar, manhã normalíssima de quinta-feira. As máquinas não chegaram a suspender-se, os grãos de café não tiveram conhecimento de nada. A palavra foi passando de boca em boca, por baixo do barulho e do aroma da torra. Homens e mulheres apreendiam a informação com desconfiança, não queriam logo aventar uma reação espavorida ainda assim não fosse alarme adulterado, ou brincadeira sem graça. Com matéria de tal sensibilidade, bastava uma pequena incorreção para levantar grandes transtornos. No entanto, o primeiro emissário a entrar na fábrica trazia um resto do entusiasmo original, o suficiente para garantir autenticidade.

Campo Maior era atravessada por um zumbido. No meio das conversas, as pessoas repetiam a data porque sabiam que iam lembrar-se daquele dia por muito tempo. Quando saíram para o almoço, foram em busca de informação. Com a telefonia ligada, a minha mulher sabia muito mais do que eu. No regresso, ninguém se atrasou, as certezas tinham adquirido consistência, mas a euforia estava ainda controlada. Durante a tarde, os trabalhadores da fábrica digeriram a revolução e o almoço.

Depois do serão e da noite dormida, quando a madrugada de 26 de abril preparava o seu fim entre as máquinas paradas, comecei a ouvir falatório na rua, no fresco. Era bastante cedo, eu estava sozinho na torrefação, rodeado por sombras, separei essas vozes dos pensamentos, distingui-as: sim, faziam parte do mundo. Caminhei em linha reta, abri o portão e, de repente, o pessoal não esperava ver-me, ficaram constrangidos. Eram cerca de uma dúzia. Noutras sextas-feiras, nunca chegavam àquela hora, ainda faltava para pegarem ao trabalho. Um deles, o mais audaz, disse: ó patrão, a gente veio ocupar a fábrica.

Engasguei-me, tossi durante uma quantidade de segundos. Um deles sentiu-se na obrigação de dar-me duas ou três palmadas nas costas. Quando me endireitei de novo, tive de esfregar os olhos, a manhã começava a levantar. Ó homem, deixe-se disso, disse eu, enquanto forçava um riso postiço, sem desrespeito. Esse porta-voz olhou em volta à procura de apoio nos olhos dos outros. Mas todos eles se conheciam desde pequenos e me conheciam a mim, todos guardavam recordação do dia em que me vieram pedir trabalho ou em que souberam que eu queria falar com eles para lhes oferecer o trabalho que tinham. Ao mesmo tempo, todos sabiam como eu passava os dias. Quando não consegui manter o riso, ficámos calados a olhar uns para os outros. Esse silêncio tornou-se insuportável, e houve um deles que o quebrou: eu bem disse que era má ideia. Os restantes encheram o fundo dessas palavras com um burburinho. Ó senhor Rui, não faça caso, disse ainda. Agastado, como se colocasse um ponto-final, rematou: onde é que já se viu?

Essa decisão foi aceite por todos, unanimidade de braços invisíveis, e a manhã que, entretanto, ocupava já o seu posto, teve permissão para continuar. Ali ficámos, à entrada, o resto dos trabalhadores a chegarem, as mulheres animadas, os homens sem tirarem a boina. Correu então a notícia de que alguém tinha decretado feriado, perdeu-se a autoria de tal diretiva. Antes do meio da manhã, já toda a gente tinha abalado. Voltei a entrar na torrefação, tranquei o portão por dentro e fui tratar de vários assuntos pendentes.

Alguma cabeça foi, também, a criadora desta ideia de enterrar o fascismo. Se recebeu crédito dessa invenção, não chegou ao meu conhecimento. À primeira, toda a gente entendeu do que se tratava, é conforme o enterro do Entrudo. Com a diferença de que ninguém vai mascarado com as roupas velhas que guarda lá em casa. O choro fingido é igual. Ai, meu rico fascismo, grita um, género de carpideira ou viúva, e os outros deixam-se rir. Assim marcha esta paródia. Circulam por aí dois ou três garrafões de vinho. Deito o olho para ver os companheiros da idade do meu João Manuel. Falta cá ele, está em Lisboa, a tratar dos estudos. Ao olhar para estes, penso onde estará ele agora. Inquieta-me esta rapaziada. Antigamente, com vinte anos, apresentava-se mais serviço. Talvez alguém esteja a tocar harmónio, é possível. Nesse caso, escolheu uma rapsódia de músicas tristes, próprias para enterro, e músicas de galhofa, ó malhão malhão.

No meio do estúrdio, a pouca distância de mim, alguém comenta em voz suficientemente alta que o engenheiro, e outros como ele, juntaram a família, arrumaram as trouxas e, *zut*, desapareceram na fronteira. A esta hora, já devem estar à frente de um salmorejo em Sevilha ou a cortar um cubo de tortilha com o lado do garfo em Madri, dependendo da direção que tomaram à saída de Badajoz. Não chego a ouvir o seguimento da conversa. Talvez alguém esteja a lançar foguetes.

Respiravam no interior do automóvel, limpo e novo, o sol atravessava os vidros fechados, início tépido da primavera, o rádio desligado, o senhor Rui levava o peito atravessado pela faixa do cinto de segurança, a condução era tão branda, as curvas compridas, arcos pouco pronunciados, estrada boa, tapete de alcatrão. A voz da secretária não perturbava a suavidade da condução, existia entre as outras coisas que também existiam. Por isso, a recapitulação que fazia da agenda para o resto do dia não continha uma partícula de ansiedade. Seguia ponto a ponto. Foi só quando mencionou o lugar onde o senhor Rui tinha de ir nessa tarde que se notou um vinco no equilíbrio do ar. Apesar de não ter havido qualquer reação, qualquer mudança no rosto, no ritmo da respiração, a secretária sentiu e o motorista sentiu. Não comentaram sequer em pensamento.

A mulher e o homem vinham no carro de trás, um deles conduzia, guardando a distância correta, surpreendiam-se com as paisagens do campo, eram lisboetas a olhar em volta à procura de semáforos. A reunião tinha sido interrompida a dois terços, deixaram o último terço do ajuste para acertar durante o almoço. Todos entenderam que o convite pressupunha essa ordem de trabalhos, o último terço da reunião era o mais importante.

Chegaram cedo à Herdade dos Adaens, os pneus abrandaram no empedrado. O senhor Rui saiu à porta do restaurante, os automóveis foram estacionados alguns metros mais à frente. Entrou, cumprimentou as funcionárias que estavam a arrumar mesas, avançou pela cozinha, foi ver o que se passava, pregou um susto involuntário ao pessoal. Apreciava ver aparelhos em funcionamento, máquinas com todas as suas peças, um restaurante ou uma fábrica. Pediu à secretária para mostrar a Herdade dos Adaens aos convidados. Enquanto se afastava a explicação, inaugurada há menos de dois anos, turismo, o restaurante, os quartos, as piscinas, pedaços de frases de folheto, ele precisou de lavar as mãos. Esse foi um pretexto para procurar o fundo dos olhos no espelho, como o fundo de um lago, espécie de nome primordial, anterior até a Rui e à maneira como era chamado em criança.

Lembrou-se da ponte sobre o Tejo, a água lá embaixo. E pestanejou. Lembrou-se de como era aquela herdade antes. Conseguiu estar sossegado na mesa durante quase um minuto, mas alguém deu conta, inquietou-se que o senhor Rui estivesse sozinho e mandou um empregado de mesa para perguntar duas vezes se desejava alguma coisa, entradas, bebida.

Os convidados terminavam a visita; havia muito mais para ver, repetia a secretária. Já sentados, fizeram as suas agradáveis apreciações, guardanapos abertos sobre as pernas. Como se quisessem esconder metade da cara, estavam por trás das ementas quando chegou o filho do senhor Rui. Deixem-se estar, deixem-se estar, disse perante o ligeiro arrastar de cadeiras enquanto se aproximava da mesa para cumprimentar o pai. Deram um beijo sério, um murmúrio. Toda a gente do restaurante parou para assistir a esse momento.

Muito gosto, deixem-se estar, deixem-se estar, e o filho voltou para o seu próprio almoço de negócios. Os homens da sua mesa ainda não tinham tirado os casacos, receberam-no com opiniões à distância sobre o pai. Está em boa forma, talvez tenham dito. Esses eram homens que debatiam transações com o grupo Delta, gente de dinheiro, diferentes da mulher e do homem sem gravata com quem o senhor Rui e a sua secretária almoçavam: projeto pessoal. O tempo dessas reuniões tinha passado, oitenta e nove anos são oitenta e nove anos. Na sua mesa, enquanto falavam de qualquer coisa que lhe interessava pouco, pensava na quantidade de vezes em que tinha estado na outra mesa, décadas inteiras de vida. Tinha saudades e não tinha saudades.

Ser alguém com vinte anos, confiar em pleno nessas certezas e, no entanto, aos quarenta, grande espanto, olhar para a pessoa que fomos e descobrir diferenças fundamentais. A partir daí, fazer essa avaliação de tempos a tempos, ao longo do resto da vida, e encontrar sempre a mesma surpresa ligeiramente triste. Se deixámos de ser quem éramos, quem passámos a ser? Ou será que não deixámos de ser quem éramos e apenas ficámos a saber melhor quem sempre fomos?

Comeu porções pequenas. Não teve dificuldade em tomar as decisões que aquela reunião lhe exigia. Às vezes, de modo disfarçado, estendia o olhar ao filho, via-o animado em conversas. Essa imagem alimentava-o. No fim do almoço, pediram quatro cafés.

Pregam certos assobios que, mesmo a esta distância, conseguem deixar-me os ouvidos a zunir. São assobios como chicotes, salientam-se no meio de um inferno de buzinas, gritos de toda a espécie, gente com as veias da testa a latejar, até há um que veio carregado com chocalhos, deu sossego ao gado para vir aqui castigar o povo e, mesmo assim, os assobios são capazes de furar esse volume de barulho e atacar-me os ouvidos.

Na maior parte das vezes, começa com brandura, as vozes da multidão juntam-se como uma brisa, depois são uma ave gigantesca a planar a meia altura do estádio. Talvez um jogador tenha roubado a bola no meio campo, também pode ter feito uma finta inesperada. À medida que avança, ou porque se lançou a correr ou porque passou a bola a um parceiro, vai ateando esse rugido coletivo. Se for dos nossos, ganhamos uma esperança ardente, agora é que é; se for dos deles, tentamos conter a aflição, mas vai-se descontrolando. Quando começam a namorar a grande área, fica tudo doido. E um deles remata.

Há um segundo de incerteza, é o tempo em que a bola vai no ar, não sabemos se chegará a acertar na baliza, não sabemos se o guarda-redes vai filá-la. Até agora, ou não acertaram, ou os guarda-redes tiveram sempre aquela elasticidade dos gatos. Perante cada tentativa, se for dos nossos, passamos a palma da mão pela cara, aproveitamos para limpar o suor; se for dos deles, fazemos a mesma coisa.

Para o meu gosto, este estádio é um dos que acho mais bonitos. Agora está cheio, só de Campo Maior vieram mais de trinta autocarros, imagino que outros tantos terão vindo de Aveiro, mas quando está vazio, vê-se que é uma obra com muita pedra, betão antigo. A relva também está tratada, mas o calor já é de verão, os homens esfalfam-se e não encontram resolução para este dilema. Pesa-lhes a responsabilidade. Pela festa da vitória na meia-final, imaginam o que será a vitória na final, imaginamos todos. Às vezes, procuro o meu João Manuel, está no banco de suplentes, ao lado do treinador e dos jogadores, quero acalmá-lo com o olhar, por telepatia. Mas os nervos vêm a propósito, a Taça de Portugal é uma grande coisa. Quando o meu filho pegou no Campomaiorense, presidente da assembleia, ainda não passaram dez anos, pois não, ainda não passaram dez anos, quem diria que chegaria aqui? Diria ele, o meu João Manuel sempre acreditou. Toda a gente diz que é história para o Alentejo, Deus queira, queira a sua providência.

Já expulsaram um do Beira-Mar, melhor assim, não é que eu deseje mal ao rapaz, saiu revoltado, mas ficamos um bocadinho mais perto. Não gosto de jogo, prefiro o garantido, riscos calculados. Mas, se calhar, analisando bem, tudo é jogo. Até abrir os olhos de manhã é jogo, ninguém pode ter certeza do que vai acontecer durante o dia; até fechar os olhos à noite é jogo, ninguém pode ter a certeza se vai abri-los na manhã seguinte.

A esta hora, não há uma aventesma nas ruas de Campo Maior. Aquelas ruas onde eu andava em cachopo, pedras mais antigas do que eu, estão agora admiradas com a solidão em plena luz do dia, domingo misterioso, passa das seis e meia já. E mesmo com tantos autocarros cheios, a cantarem as saias em coro, a pararem para o farnel e para o chichi, mesmo com tantos automóveis particulares, ainda ficou gente para encher as mesas dos cafés, veem na televisão o mesmo que a gente vê aqui, ou melhor, tiram melhor as dúvidas. Como nesta falta, apita o árbitro. Aqui, pouca gente parece interessada nesta falta, é mais uma, as vozes estão espalhadas.

Então, todos os movimentos são feitos em silêncio, numa sequência sem interrupções: ao marcar a falta, um jogador de equipamento amarelo passa para trás, em linha reta, e começa logo a correr para a frente, esse que a recebe, com o mesmo equipamento, dá dois ou três toques, de um pé para o outro, e volta a passar ao primeiro, que já está muito mais à frente e que já só leva um sentido, recebe a bola, passa pelo meio de dois dos nossos, entra na grande área e, com mais dois defesas à frente, remata para o seu lado esquerdo, o guarda-redes lança-se, parece uma bandeira, mas a bola entra mesmo arrumada à barra, está lá dentro.

 O silêncio é quebrado por uma explosão, estilha-se o silêncio em mil pedaços. Os amarelos lançam ao ar tudo o que possuem. O presidente da República, Jorge Sampaio, vira-se para mim com diplomacia, encolho os ombros e, à distância, articulo algumas palavras de ocasião, que talvez não cheguem realmente a sair-me da boca, não sei se chegam a soar debaixo do barulho. Tenho mais pressa em procurar o rosto dos meus netos, só olhar para eles, bem-educados, também a eles lhes basta olhar para o avô, sabem o que teria para lhes dizer. E o meu filho, lá está na margem do campo, com o treinador e os suplentes, de colete, a aguentar o calor, o meu João Manuel.

 Existe o golo, mas já não existe o instante do golo. Aqui, foi um segundo e, depois, espavoriu-se o mundo, essa exaltação tomou conta de tudo; lá, nas mesas dos cafés de Campo Maior, ainda estão parados nesse segundo, observam-no em câmara lenta, esse segundo demora dois ou três minutos.

 Por fim, conseguem trazer a bola para o centro do campo. Inquietos, ficam à espera de que o árbitro apite. Calma, muita coisa se pode fazer em vinte minutos, esta voz ressoa-me na cabeça como se fosse amplificada pelos altifalantes do estádio. Mas esse tempo esvai-se a uma velocidade exagerada, alargou-se a passagem da ampulheta. Os jogadores do Campomaiorense levam o símbolo da Delta nas camisolas, submersas em suor, e parece que fazem investidas contra um enorme zero, é um zero de aço, de pedra, de qualquer material sólido e hermético. E lançam-se a escorregar na relva para roubar a bola, podem até conseguir mas, antes do momento decisivo, há sempre alguma imperfeição que acontece. Cartão vermelho para um deles, é o segundo, já estavam com um jogador a menos. É agora, volta a dizer a tal voz na minha cabeça, agora difundida por tudo o que é visível e invisível. E vão marcar o livre, a barreira está pronta, mas o guarda-redes levanta os braços e agarra a bola. E para a frente, e para trás, para um lado, para o outro, e insistem para o mesmo lado, e falta, e marca a falta, e sai a bola, demoram a atirá-la, atiram-na, sai outra vez, estranho trabalho sem qualquer resultado. E problemas, agora, nesta altura aflitiva, problemas, anda tudo à deriva, de qualquer maneira. Cartão amarelo e, passados uns minutos, cartão vermelho para um dos nossos jogadores. Já chega, acabem com isto. Mas mais um livre, de frente para a baliza. Esperança ou desespero, há muita gente aqui que não sabe a diferença entre esses dois abalos. Lá vai o chuto, por fim, acerta na barreira e perde-se sobre a baliza, muito longe.

    O árbitro, na sua farpela vermelha e preta, retesa-se e sopra no pífaro. Os nossos ficam espetados no lugar onde estão, são como árvores que perdem força nos joelhos. Os outros lançam-se a correr, nem sabem para onde ir, dão voltas até esbarrarem em alguma coisa. Evito olhar para as bancadas da nossa cor, custa-me. Tenho de fazer conversa aqui na tribuna. Não sou capaz de pôr logo o sorriso, talvez mais tarde. Nesta circunstância, por cima de ombros de casacos, olho para o campo, o meu filho e os seus companheiros dão passos esmorecidos. Penso em tudo o que gostava de lhe dizer. Sendo dois homens, muitas vezes, calam-se demasiadas palavras. Calho a reparar no treinador do Beira-Mar, está ainda abraçado ao jogador que marcou o golo. E só agora sei, alguém me diz, que são pai e filho. Já viu, senhor comendador? Que grande casualidade, o treinador e o jogador que marcou o golo são pai e filho.

6.

Antes de rebentarem, as gotas pressionam-me a pele, sinto-as baterem-me em vários pontos do corpo, redondas, sobre as roupas. É só depois que se rompe a sua capa e se derramam sobre mim, no cabelo, na cara, no pescoço, no colarinho da camisa, no casaco, nas calças, embebidas pela fazenda e chegando à pele, onde escorrem, água meio gelada, janeiro, meio morna, aquecida pelo meu sangue. Debaixo desta chuva, intempérie bruta, a cal das casas recupera o seu primeiro branco, as arestas amenizam-se. É difícil abrir os olhos nas ruas de Campo Maior, a água entra-me pela boca, tem o sabor fresco desta hora, a noite ainda nova, um resto do longo travo da tarde, uma impressão calcária que pressagia o serão e, depois, a noite profunda até a madrugada.

O melhor lugar para caminhar é no meio da rua, os beirais jorram água de um lado e de outro. Arcos paralelos de água escorrem dos telhados, apenas permitem um caminho estreito e, mesmo assim, ao baterem nas pedras da calçada, estilhaçam-se em salpicos selvagens, água a atirar-se do chão, de baixo para cima, a cruzar-se com a que cai do céu, de cima para baixo. Sou o meu pensamento fechado no interior do meu corpo. O meu corpo é um lugar sem decisão, entregue a tudo o que queiram fazer dele. A tempestade não distingue o meu corpo de qualquer árvore ou de qualquer casa, embora o meu corpo avance sozinho pelas ruas de Campo Maior, desafiando o mundo inteiro, disposto a resistir. E, mesmo assim, se acedo por um segundo à lembrança do início deste caminho, redobro o ânimo. Não tenho por onde fugir, arrasto a chuva à minha passagem. Mas sou já capaz de imaginar os mínimos detalhes do pouco caminho que falta, levo certezas que me protegem. E vejo a porta de casa. Através da noite, vejo a porta de casa.

De repente, a luz do candeeiro de petróleo e o conforto das sombras secas, a chuva é agora um ruído exterior sobre o telhado, olho na direção dos barrotes que seguram o teto e todo este inverno. O meu pai, lá ao fundo, levanta a voz para pedir toalhas, a sua aflição é austera. À minha volta, forma-se uma poça, alastra com toda a água que escorre do meu corpo e das minhas roupas. O meu pai repete o seu pedido e, quando a minha mãe chega com uma toalha limpa, é ele que a segura com as duas mãos e a lança sobre a minha cabeça. Debaixo dessa escuridão, sinto os seus dedos a esfregarem a superfície da toalha no cabelo, à volta das orelhas, no rosto. É brusco o seu cuidado, são firmes as palavras com que toma conta de mim, seu filho. Tenho dezasseis anos, com a falta de capacidade dos dedos engelhados, desembaraço os botões da camisa, faço-os atravessar as suas casas encolhidas. O meu pai passa-me a toalha pelo início do peito, abaixo do pescoço. O semblante compenetrado que apresenta é sinal da sua afeição. A minha mãe recolhe o casaco e a camisa. Ainda na entrada, com paciência, agacho-me e desfaço o laço das botas, entrego-as à minha mãe, assim como as meias ensopadas. Os meus pés, brancos, recuperam a articulação; os dedos dos pés, húmidos, aproveitam para se roçar uns nos outros, para se sentir. O meu pai já voltou ao seu posto. Em tronco nu, com a toalha pendurada no ombro, vou trocar de roupa.

Regresso à cozinha, surpreendido com o modo como quase não existiu o tempo em que estive sozinho no quarto, a enxugar a pele e a molhar outra toalha, a deixá-la embebida em chuva, também a escolher estas roupas, suaves, ainda com a memória de serem engomadas pelo ferro de brasas, a minha mãe a avivar esse fogo, o seu punho à volta do cabo de madeira, o peso do metal. Com o cabelo penteado, os riscos do pente, aproximo-me do meu pai. Ficamos em silêncio diante do lume, halo que nos toca. Sem deixar de olhar para uma chama miúda, a tremelicar em cima de um madeiro, o meu pai pergunta-me porque não esperei um pouco antes de sair da torrefação. O estampido da chuva no telhado é já muito menor, preciso de apurar o ouvido para conseguir distingui-lo, talvez tenha terminado. Logo de seguida, pergunta-me pelo trabalho na torrefação e levanta o olhar para ver-me. Este interesse toca-me, é concreto como determinadas palavras. O meu pai olha para mim, espera pela minha resposta, escuta-me, confia no que tenho para dizer. A atenção do meu pai é parecida com orgulho. Sou um homem de dezasseis anos, sou suficiente. A atenção do meu pai desfaz todas as dúvidas, fá-las evaporar.

Os músculos recuperam agora de um dia inteiro sem descanso, são atravessados por veias que começam a acalmar a circulação. Partilho ideias que me saem da cabeça pela primeira vez, ganham realidade inequívoca. E termino de falar, existe o silêncio do lume. Sentimos esse silêncio durante uma mancha de tempo. Aos poucos, o meu pai entra pela história da marca Camelo, café Camelo. Não é a primeira vez que a escuto, foi-me contada inúmeras vezes. Os meus olhos testemunharam essa história e, no entanto, foi ao escutá-la que ganhei compreensão completa, em narração livre na voz do meu pai e em diálogo, conversas entre ele e o meu tio. Volto agora a este enredo, aconchegante, narrado com a mesma escolha de palavras de quando eu usava calções, ainda na escola, um menino. A sucessão natural das frases acrescenta valor à existência, aumenta este instante, tempo inundado de passado e de futuro. Escuto a voz do meu pai, recebo o seu olhar, o candeeiro de petróleo, as sombras da casa, e tenho dezasseis anos: a presença do meu pai, a segurança total que essa presença permite, ainda ignorante do que é o mundo. Nunca mais regressarei a estes dias sem morte, a esta inocência, o trabalho contra todos os obstáculos, o trabalho a resolver tudo. Sim, sou um homem de dezasseis anos mas, durante um instante, descanso agora desse encargo.

Lembrou-se do pai, o rosto do pai veio à superfície, nítido, os olhos vivos, e o som da voz, algumas expressões que usava, a maneira como as dizia.
Na claridade do escritório, a tarde. Em fundo embaciado, a secretária enumerava razões, sintaxe, vocabulário: esse texto erguia-se diante deles, articulado como um esquema: temas que se subdividiam, que estabeleciam relações e inter-relações com outros temas que, por sua vez, também se subdividiam. Mas a secretária escolheu uma frase em que o nomeou, senhor Rui, e ele teve de perceber qual a reação que se esperava.
Afinal, era só um jeito de retórica, voltou aos pensamentos. Não valia a pena contrariar dias como aquele. Nestas matérias, aceitava o inevitável. Esse é o discernimento dos gestores: forçar é desgastar-se. Aquele dia chegara com feitio próprio. O lugar onde tinha de ir nessa tarde não o deixava concentrar-se noutros assuntos. Mas há muito que aprendera a lidar com dias assim. Tinha o engenho montado para alhear-se quando fosse preciso,

para tirar as mãos do guiador e assistir ao funcionamento do que preparara com antecedência, ao longo de anos.

Recebia informações acerca do centro educativo batizado com o nome da mulher, Alice, nunca se cansava de repetir esse nome no seu íntimo. Apreciava genuinamente acompanhar projetos dessa ordem, avaliação de rumo e desempenho, mas não valia a pena contrariar dias como aquele. Em Campo Maior, estava o lugar onde tinha de ir nessa tarde, assim como toda uma agenda de compromissos; nos pensamentos, tinha muitas outras oportunidades.

Lembrou-se da ponte sobre o Tejo, a água lá embaixo. E pestanejou. A secretária voltou a referir-lhe o nome, senhor Rui. Desta vez, tratava-se de aceitar uma constatação evidente, o que fez.

Lembrou-se do pai, a luz do candeeiro de petróleo, o cheiro da mecha do candeeiro de petróleo, a chama entretida a apanhar-lhe a ponta, linha incandescente, e a outra parte da mecha, submersa em petróleo cor-de-rosa, enrolada no interior desse depósito, o pai a olhar para ele. No interior dessa lembrança, tinha dezasseis anos.

Com dezasseis anos, não imaginava todo o tempo que teria de viver sem o pai, não imaginava que haveria um período imenso da vida em que seria obrigado a viver com a ideia de nunca mais ter pai. Então, continuariam os acontecimentos, o progresso da história, mas nunca mais teria pai. Com dezasseis anos, só tinha olhos para o que aconteceria nesse dia e no dia seguinte mas, com oitenta e nove, percebeu que talvez o pai já soubesse. Acreditou que talvez o pai olhasse para ele e já soubesse porque ele, quando olhava para os filhos, para os netos e para os bisnetos, já sabia.

Às vezes, descanso a cabeça na ação da máquina de torrar grãos de café. Esse trabalho não me prende o pensamento, o corpo movimenta-se autónomo, os pequenos passos, as articulações dos cotovelos, também o exercício anatómico, outra máquina, os músculos coordenados com os ossos, mas o pensamento alheia-se, divaga por onde eu o quiser levar ou por onde marés invisíveis o guiarem, inclinações de um terreno inefável. Existe o suor, grosso e quente, há uma parte de mim que também é torrada nesse serviço, a pele enrijece como o couro das botas, mas até os sons são calculáveis, espero-os com meio instante de antecedência e, ao acontecerem, pertencem a esta natureza.

Mas posso receber um toque no ombro ou, a sobressair entre ruídos, uma voz pode chamar-me, Rui gritado entre motores. Então, tenho de voltar inteiro ao trabalho, há algum assunto que preciso resolver, uma decisão que preciso tomar. É assim quando não está outro na torrefação que dê esse apoio, o meu tio, o meu irmão, ou quando um deles transfere a deliberação para mim. Esse juízo tanto pode ser uma escolha, aqui ou ali?, como pode ser um problema a que falta solução, e agora?, como pode ser uma quantidade de sacas de café que precisam de ser descarregadas ou mudadas de lugar. Então, o remédio é simples: as sacas agarram-se com os braços inteiros, dá jeito abraçá-las ou, com mais técnica, jogá-las sobre o ombro. Custa levantar os pés com uma saca de café sobre o ombro, a planta dos pés enterra-se no chão.

Há por aqui homens que, apesar de me conhecerem desde pequeno, não sabem a minha idade, julgam que sou mais velho. Dezasseis anos não é pouco, chega para ter certeza do que quero, mas parece-me que estes homens, já passados dos trinta, e alguns com muito mais, não teriam a mesma deferência no trato se fizessem contas à idade. Quando não têm o dobro da minha velhice é porque têm o triplo, com filhos da minha criação e mais velhos, alguns também a trabalhar aqui. Os homens sabem a minha idade, mas esquecem-na de propósito, falam-me com a mesma consideração e respeito com que eu lhes falo a eles.

Distingui desenvoltura nas horas da manhã e da tarde. Por comparação com outras terças-feiras, não houve abrandamento nos rigores da jornada, o que há para fazer não muda, pode ter muitas formas, mas nunca deixa de ser o que há para fazer. A grande diferença foi a lembrança da voz da minha mãe, soprada desde as sombras da madrugada, as chamas a queimarem no lume, um quadrado de côdea rasgado com os dentes, amolecido por café. Essa lembrança tem-me acompanhado todo o dia, a voz da minha mãe a dizer-me que o meu pai estará em casa hoje, à minha chegada do trabalho, a dar-me essa certeza. Esta noite, por fim, o doutor, a mulher e o filho do doutor permitem-lhe que venha para casa.

Ao toque do primeiro pé na rua, desde o alvorecer, este tem sido um dia de cinza em tudo, a luz traz logo essa cor do céu, a chuva vai e vem, despenca grandes molhas e interrompe-se, volta a cair e volta a achar que chegou o momento de fazer intervalo. Mas esse cinzento não me tapou os olhos. O meu pai virá derreado, esgotado de tomar conta do filho perturbado do doutor. Os medicamentos acalmam o rapaz, quando se consegue que os tome, mas não há boticas que consertem ligações cortadas, falta de peças. Vê-se nos trejeitos do meu pai, na maneira como pronuncia certas palavras quando descreve impressões, nunca com todos os detalhes, que a loucura do filho do doutor é difícil. Mas, para além do ofício de motorista, e de mais duas ou três serventias, entregam-lhe o cuidado desse rapaz, não sabem tratar dele, só o meu pai o acalma.

A tarde já escureceu. Terminei de ordenar certos despojos, fechei este dia e deixei o dia de amanhã pronto a ser iniciado. Aproximo-me do portão, onde está um ajuntamento de homens à espera. Estão aqui desde que despegaram do serviço, os rostos apenas iluminados pela chuva. É um caso sério, diz um, como se precisasse de legendar o espetáculo a que todos assistem: borrasca de gotas consistentes, água barulhenta que se junta em grossas marés nas regadeiras, parece água que quer levar tudo à frente. Começo a ajeitar as golas do casaco para me lançar ao caminho. Alguém me pergunta por que não espero um pouco antes de sair da torrefação. Sorrio, essa é a minha resposta. Hoje, não posso esperar. Tenho o meu pai em casa.

Assim que comecei a manobra de estacionamento, parou de chover. As escovas, que deslizavam pela superfície de vidro com arcos honestos, resvalaram de repente nesse caminho, desajustadas, constrangidas pela sua incapacidade, a borracha no vidro seco. Tenho até a sensação de que brilhou o sol durante esses breves passos até o governo civil, toda a praça do Corro brilhou, e as casas de Portalegre, tanto a cal como a pedra; e também os estudantes do liceu, devem estar na hora do recreio, animados; mas mal atravessei a entrada do governo civil, agora mesmo, recomeçou a chover. O polícia que estava no passeio, a vigiar um e outro lado, recolhe-se aflito, não gosta de humidade no fardamento. Que sorte, sacudo os braços por jeito, não por necessidade, os céus fizeram questão de me poupar.

Levo esse sorriso até a secretária do governador. Normalmente tão prestável, e vontade de fazer conversa, e cheia de para cá e para lá, com licença, por favor, está de cara apreensiva. Coitada, terá as suas apoquentações, como todos nós. Há muito que não estamos em presença, o ânimo das pessoas dá grandes tombos, é assim o feitio da vida, labor de dias, meses e estações. Tenho vontade de lhe transmitir consolo, mas fico calado, claro; poderia ser mal-entendido. Foi a secretária do governador que estabeleceu a ligação telefónica e que deixou o recado com a marcação desta hora. Não me atrasei, mas ouço o pedido sério para que espere e, com a mesma cara, a moça extingue-se na porta alta do gabinete. Desacompanhado, preciso de dobrar o pescoço todo para apreciar o teto, bela obra, artística. Inspiro fundo os ruídos do palacete. E cá está ela de regresso, inteiriçada ao lado da porta aberta, dá-me entrada solene para o gabinete do governador.

A porta fecha-se sozinha atrás de mim. Tenho ainda um resto de sorriso para apresentar ao governador, homem de fato preto, gravata preta, dono de um pequeno mundo. O meu desvelo choca com uma muralha, os olhos do governador fervem no silêncio. Em situação normal, talvez houvesse sons a chegarem lá de fora, a atravessarem as paredes, por mais grossas, a atravessarem a janela fechada, vidraças de outro tempo, a passarem por baixo da porta, rente ao soalho atapetado, mas a tensão torna o ar mais espesso, o rosto contraído à volta dos lábios. Sentem-se os segundos. Então, por fim, com os punhos cerrados sobre a mobília que tem à frente, a pouca distância de um tinteiro de pau-santo e prata, controlando cada palavra, o governador informa-me que não fui talhado para presidente de câmara, falta-me estofo, diz que tenho de encontrar saída, deixar o lugar para outro que seja mais apropriado para o cargo.

Duvido do idioma que escuto, franzo as sobrancelhas para tentar entender. Que razões tem o governador para esta repreensão? Alguma coisa perdeu sentido, a lógica partiu-se como um fósforo. O sangue palpita-me nas têmporas. Possuo garganta, mas parece não funcionar agora. No interior da minha cabeça, apenas uma dúvida: por quê?

7.

Porque fui recebido pelo Marcello Caetano. O governador civil de Portalegre está longe da formalidade esperada, à deriva numa fúria súbita com tendência a agravar-se, porque fui recebido pelo Marcello Caetano. Perante o meu pasmo, vejo-o cada vez mais perdido. Os seus contornos ganham arestas, os seus movimentos são bruscos, abre e fecha a boca com essa rispidez, como se as palavras viessem uma a uma e fossem disformes. Ao Marcello Caetano chama sempre presidente do conselho de ministros, restam-lhe essas lisuras, ou porque quer manter uma mínima retidão, ou porque não conhece mais do que essa linguagem de ata. Mas a sua violência vai ganhando balanço e toca pontos de exaltação em que seria conforme o uso de termos mais rasos. Agora percebo a angústia da secretária, deve estar atrás da porta, a tremer.

Ainda assim, talvez ao tentar conter-se, ao tentar reduzir a ira, o governador faz pausas para se engasgar. Esses segundos permitem-me alguma atenção ao gabinete, descanso o olhar nos livros das estantes, lombadas de couro, na chuva a dar fosco às vidraças, as formas lá fora a contorcerem-se debaixo dessa água.

E regressa o homem, não pode sonhar que, em pensamentos como este, o trato por homem. Governadores assim não querem ser homens, preferem ser senhores. Acreditam que nasceram proprietários desse direito porque, logo à saída do organismo da mãe, encontraram quem lhes ensinasse tais distinções, gente que a uns pede e a outros ordena.

Provavelmente, foi nesse convencimento aristocrático que deixou crescer este bigode, podado à tesoura, esculpido com cera, incapaz de encontrar posição sobre o lábio superior, bigode oblíquo e inquieto. Pergunta-me o que fui fazer a São Bento, porque marquei audiência com o presidente do conselho de ministros. O bigode desengonça-se para um e outro lado, repousa no fim da pergunta. Talvez este silêncio esteja armadilhado, talvez ele já saiba a resposta e só queira pôr-me à prova. A minha voz, tranquila, contrasta com o eco da sua algazarra. A vibração dessa cólera, narinas arreganhadas, ainda permanece, invisível. Ao toque das minhas primeiras sílabas noto logo que, para um homem arrebatado como este, a tranquilidade com que respondo pode soar a provocação. Ainda bem.

Com toda a pompa que também sou capaz de articular, informo o senhor governador civil de Portalegre que mantive breve encontro com sua excelência, o presidente do conselho de ministros, no intuito de convidá-lo a visitar as festas do povo, em Campo Maior. Como se estivesse a ouvir, abana a cabeça com artificial concordância e, quase dando um murro na mesa, pergunta-me como é que marquei esse encontro, pronuncia a palavra *encontro* com ironia. Mas já não espera resposta, desistiu disso, prefere repetir que não fui talhado para ser presidente de câmara, e enumera a escada hierárquica da administração pública, salientando o seu posto entre mim e Lisboa. Faz essa ressalva três ou quatro vezes, perco a conta. Para governadores desta casta, pior do que não ter respeito é não ter respeitinho.

* * *

A meio da tarde, o dia mudou. Enquanto caminhava pela fábrica, acompanhado por um dos encarregados, deixou de alhear-se do que o rodeava porque, nos instantes em que o fazia, recordava o lugar onde tinha de ir nessa tarde e, pior, recordava que aquela já era essa tarde.

Ao longo das máquinas e do movimento dos funcionários, enquanto caminhava pela fábrica da Novadelta, o seu sonho industrial, deixava o relógio abandonado no pulso, os braços como baloiços retos ao longo do corpo, o relógio à esquerda, ciclicamente a ultrapassar e a ser ultrapassado. Tinha esperança de conseguir esquecer essa ferramenta.

O tempo só existe quando paramos.

A claridade irradiava das chapas transparentes lá no alto, arrumadas ao teto, e das lâmpadas penduradas em localizações medidas, geometria. Na rua, o motorista esperava-o. Não precisava do relógio para saber que estava na hora, ainda tinha de passar por casa, trocar de gravata; mas encontrava sempre algum assunto de relevância, colocava a dúvida ao encarregado, conheciam-se havia décadas, e lá voltavam a atravessar a fábrica, em linha reta, em direção ao funcionário que conseguisse responder.

Lembrou-se da ponte sobre o Tejo, água. Pestanejou.

Por fim, chegado à resposta da pergunta que tinha levantado, interessava-se desmesuradamente por aquilo que o funcionário tinha para lhe dizer. Aprofundava o tema com interrogatórios que obrigavam esse funcionário a chamar outro, um especialista, porque certas miudezas saíam-lhe já do conhecimento. Era preciso encontrar algo muito específico de modo a que aquele homem, funcionário que tinha passado por todas as graduações do ofício, não soubesse responder, mas o senhor Rui chegava a esses recantos. Necessidade e engenho: enquanto estava ali, não estava no lugar aonde tinha de ir nessa tarde.

Não sei da chuva. Pelo enquadramento, a janela nega-me perceção. O céu continua branco, como as casas de Portalegre na minha memória. Os estudantes do liceu devem ter voltado ao recreio, avaliando pela surdina que trazem sobre a boca e que, mesmo assim, chega aqui, entra neste gabinete, como se florisse do silêncio que se instituiu nos últimos minutos, talvez minutos, é difícil medir o tempo no interior deste assunto inacabado.

Quando vou para embaciar a visão da maneira que o governador suspendeu a dele, há o início de uma palavra. Nota-se desde a primeira sílaba: o governador regressou à temperança. Depois de se ter libertado no ímpeto, festival raivoso de perdigotos, regressa à paciência, estratégia de xadrezista. O governador e o seu bigode perguntam: como conseguiu ser recebido pelo presidente do conselho de ministros?

O meu percurso de presidente interino da câmara de Campo Maior terminou aqui. Foi uma airosa quimera, hei de encontrar outras formas de fazer pela minha terra. A indústria tem muito para oferecer ao povo. O governador civil continua a olhar para mim, mas não receberá resposta, que encha a barriga com estas reticências.

Quando perguntou se tínhamos alguma coisa de comer, partilhámos com boa vontade. Avaliando o porte, casaca, educação, brilhantina, percebi que era figura de nomeada, mas admirei-me quando se apresentou como deputado da assembleia nacional. É certo que estão cá os principais, mas mesmo assim, não é sempre que se corta uma fatia de pão a um deputado. Comeu

com a boca toda, e chamou um amigo, não se importam? Cortei-
-lhe também uma fatia, mais fina. Aqui, quase nas últimas filas
da tribuna, ficámos à vontade para ir ao farnel. No começo dos
discursos, os meus companheiros e eu olhámo-nos com a mesma
ideia. Passados dez minutos, em coordenação, um tirou o pão do
bolso interior do casaco, o outro tirou o chouriço, eu abri a navalha e fiz as divisões. Tudo em pequeno, só uma bucha, quando o
deputado se aproximou, já não havia chouriço e sobrava um coto
de pão, os discursos estavam longe de acabar, estão ainda.

Não parecem acontecimentos de hoje, são como uma memória de há muito tempo. As ruas de Campo Maior estavam desertas. Já tinha passado pela casa do primeiro, parámos à frente da
porta do segundo, o barulho do motor enchia a rua, a luz dos fa-
róis abria um caminho de encontro ao empedrado e à cal. Abriu-
-se a porta, vimo-lo sair com o farnel. Entrou para o banco de
trás, onde estava o meu João Manuel com doze anos e olhos en-
sonados. Respirávamos um cheiro de água de colónia, de cebola
e vinho tinto, cheiro de madrugada, ar fino, fresco. Tínhamos
comido antes de sair, mas a lembrança do farnel foi bem recebi-
da. A mulher do segundo companheiro veio à janela despedir-se.

O convite para a inauguração da ponte sobre o Tejo cau-
sou alarido na câmara municipal, toda a gente quis pronunciar-se
mas, na véspera, só estes dois companheiros e eu marcámos hora
de saída. Precisei de convencer o meu filho a vir, lembrava-se
de viagens anteriores, longos enjoos, curta brincadeira. No momento em que entrei no meu carro, antes de recolher todos os
passageiros e de iniciarmos caminho para Lisboa, ainda se distinguia o serão no ar, era noite-noite, apenas de modo formal se
podia falar de madrugada, o dia estava longe. Fizemos horas de
quilómetros em silêncio, as oliveiras começaram por ser sombras
que existiam no interior da escuridão, passavam por nós como
pensamentos, foi aos poucos, em várias tonalidades, que essas oli-

veiras ganharam nitidez, oliveiras azuis, oliveiras cinzentas e, por fim, oliveiras vermelhas, oliveiras amarelas debaixo do sol plenamente nascido.

Quando nos aproximámos da obra, estradas novas, o automóvel a deslizar no espanto, e, depois de mostrar os papéis, convite, autorização, identificação, quando estacionei no lugar que nos indicaram, o companheiro do banco da frente, ao meu lado, embrulhou um pão num guardanapo e acomodou-o no bolso. Ainda antes de sairmos, enquanto eu dava à manivela para subir o vidro da janela, o do banco de trás ofereceu-se para levar a metade do chouriço, também embrulhada. Esticámos as pernas, beliscámos o vinco das calças e bastou-nos seguir o movimento de gente para chegarmos à praça da portagem. O meu João Manuel, que dormiu durante quase toda a viagem, estava já bem animado, seguia uns quantos passos à nossa frente.

Discretamente, aponto as migalhas ao deputado, é ele que as sacode da lapela. Sussurrando por debaixo das palavras emproadas, amplificadas, que algumas pessoas fingem escutar, os deputados apresentam-se. Apresentamo-nos também. Gente despachada, ganho logo boa impressão destes homens, entendemo-nos, é por isso que, quando ouço que são de Viseu, menciono o Hotel Grão Vasco, onde estive na lua de mel, conhece? Claro que conhece e aí encontramos mais uma ligação, conhecemos os mesmos lugares. Dou-lhe o meu cartão de visita: Delta, proprietário e gestor. Depois de ler, abre a carteira, guarda-o numa divisão cuidada e retira um dos seus cartões de visita, segura-o pelo cantinho, entre o polegar e o indicador, estende-me o. Sussurrando para não perturbar o discurso, que vai num ascendente inflamado, diz-me para lhe telefonar quando quiser, mesmo, telefone-me quando precisar seja do que for. Despedimo-nos com um meneio de cabeça, gesto do queixo e do olhar. Enquanto os deputados regressam ao seu posto, rebenta uma salva de palmas.

Toda a gente aplaude o discurso que terminou mas, na minha cabeça, parece que aplaudem este momento, como se hoje se inaugurassem mais pontes do que esta que atravessa o Tejo.

A manhã vai alta, não admira que os deputados tivessem ganhado apetite ao ver-nos petiscar. Desde que aqui nos instalámos, quando nos indicaram este lugar da tribuna, já vimos um pouco de tudo: a banda da Marinha a tocar o hino nacional, o bombo a trovoar cada arranque do refrão, a fazer eco no interior das costelas; os navios a lançarem salvas de tiros no rio, menos potentes do que o bombo, mais distantes, e os meus companheiros a fazerem a graça, querem lá ver que estouram já com a ponte, ainda nem está inaugurada; as condecorações aos obreiros da ponte, remessa de engenheiros; e os discursos oficiais, continuamos à espera que acabem.

Há multidões na ribanceira que desce da estátua do Cristo Rei, há gente por todo o lado, até lá em cima, aos pés da estátua. Entre o povo, quem chegou desprevenido assenta o que pode sobre a cabeça: uma camisola, as mãos abertas ou um desses chapéus baratos de papel que vendem a dez tostões. Até aqui, debaixo da lona da tribuna, já ouvi queixas do sol. Se apanhassem uma parte do calor de Campo Maior, talvez não desperdiçassem o fôlego com tanto palavreado. Os meus companheiros não parecem sequer compreender essas queixas, escutam-nas com a mesma expressão com que testemunham outras cenas em que não acham sentido, disfarçam.

Em todos os discursos se refere, quase sempre mais do que uma vez, a data de hoje: 6 de agosto de 1966. Não têm dúvidas de que este dia será recordado nos calendários, uma efeméride do nosso tempo e das nossas vidas. Tenho trinta e cinco anos: desde que nasci até aqui, quais são as datas da minha vida? Os dias em que os meus filhos nasceram, o dia em que o meu pai morreu, o casamento, o dia em que decidi fundar a Delta. Mas, tenho a certeza, também há o futuro, é enorme: dias de fevereiro, de maio ou de outubro que passam agora sem ser notados, terças-feiras anónimas, como quando não sabemos às quantas estamos, e perguntamos a alguém: que dia é hoje? Mas, no futuro, acontecerá alguma coisa que marcará esse dia para sempre na nossa história. Como a bola da roleta que gira, gira, e cai sobre um número. Então, a partir daí, esse não será um dia como os outros, marcará para sempre alguma coisa muito boa ou muito má, que recordaremos com especial clareza nesse dia, ou porque queremos celebrá-la, ou porque insiste em moer-nos, ferida.

Termina o último discurso e, apesar do protocolo e da fineza, toda a gente quer mexer os músculos, dar mobilidade ao corpo, esquecer um pouco do constrangimento. Ao descermos da tribuna, volta a existir céu, é aí que voa um helicóptero, inseto que não nos larga, afasta-se e regressa sempre, os seus caminhos são redondos. Alegra-me que o meu João Manuel assista a tudo isto. Entre a multidão, há máquinas da televisão em diversos pontos, uma parte delas está apontada ao presidente da República, ao cardeal e ao presidente do conselho. Os meus companheiros chamam-me a atenção: inclino-me em bicos de pés e, ao longe, distingo os deputados de há pouco a cumprimentarem essas altas individualidades. Nunca se deve desprezar um humilde pedinte de pão.

Há um aplauso coletivo no momento em que são libertados milhares de pombos, espalham-se no céu, como a representação visual deste aplauso, de toda a exaltação que se sente. O meu relógio está certo, é quase uma da tarde. Após a abertura solene da ponte, canta-se novamente o hino nacional, fim apoteótico com foguetes. As máquinas da televisão são como animais pesados que não sabem para onde se virar. Penso que talvez a minha mulher, Alice, me possa ver em Campo Maior, imagino essa transcendência.

Caminhamos devagar até o automóvel, aproveitamos para comparar ideias. O meu filho é o mais deslumbrado: e isto?, e aquilo?, e a outra coisa? Fora de ordem, ao ritmo a que lhe atravessam a cabeça, recorda imagens que testemunhámos há momentos. Procuramos uma das raras sombras para rapar o que sobrou do farnel, o que tinha ficado no carro. É pouco e quente, pão acabado de sair do forno, chouriço da chaminé, vinho quase a ferver. Esperamos pelas três da tarde, temos muito para olhar em volta.

Faltam alguns minutos até a hora certa, mas os carros já estão prontos, alinhados na estrada, alguns com os motores a carburar. Transpiramos. Passa pouco das três, conforme combinado, quando começamos a andar, lenta procissão, mas chega o momento em que vemos a ponte aproximar-se, gigante, vermelho moderno, pilares irreais de encontro ao céu, e os automóveis avançam pela ponte, exército de latas, escutam-se as vozes das pessoas, saem das janelas abertas, surpresa que tantas vezes se antecipou. E os pneus pisam efetivamente a ponte, estamos a tanta distância do rio, tanta altura, é como se voássemos, Lisboa está lá ao fundo, bela cidade. Para o bem e para o mal, é a esta cidade que respondemos. Hei de trazer cá a Alice e a Helena, a minha mulher sentada no banco da frente, a minha sogra sentada lá atrás com os netos. E hão de passar por aqui muitos carregamentos da firma. Que estes parafusos estejam bem apertados, porque hão de passar aqui muitos carregamentos de café, torrado e embalado, esta será uma vantagem para a firma.

Chegamos emocionados ao fim da ponte, seguimos as correntes do trânsito para entrar em Lisboa, admiramos as tabuletas, letras tão certinhas. Nem os meus companheiros e nem eu somos de exagerar neste tipo de conversas, cada um guarda o que sentiu. Também em silêncio, o João Manuel, com os seus doze anos, parece ter ganhado essa maturidade súbita. À noite, haverá jantar de gala, festa e fogo de artifício, mas amanhã, apesar de ser domingo, preciso de compensar esta folga. Aos poucos, travando ou reduzindo mudanças e, depois, acelerando à vontade, desembaraço-me da multidão, atravesso Lisboa e sigo direito à ponte de Vila Franca de Xira, velha amiga.

O senhor Rui não se lembrou de nada, manteve-se absorto naquela lógica, foi capaz de abrigar-se no cálculo. Mas, logo a seguir, num descuido, lembrou-se da escola, fica o Rui, o professor a mandá-lo vigiar os colegas, chuva a cair nas vidraças das janelas da escola. Lembrou-se de, não. Não. Interrompeu as lembranças. A memória pode ser insuportável. Regressou à fábrica, regressou ao lugar onde estava.

A fábrica mantinha os sons e a temperatura. Os funcionários antecipavam os gestos seguintes. Em certos momentos, levantavam o queixo para dar conta das voltas do encarregado e do patrão. As vozes escutavam-se entre as máquinas mas, a essa distância, eram incompreensíveis.

Como num jogo, o encarregado tinha já absorvido o ritmo. A atenção que o senhor Rui colocava na conversa, nos detalhes da informação e do rosto, à cata de qualquer dúvida, era a atenção com que o encarregado escolhia os termos e avaliava a receção ao que dizia. Estavam fixos nos olhos um do outro, tudo o resto recebia entendimento a partir desse centro. Era um jogo de reações imediatas.

Por isso, com o balanço que trazia, quando o senhor Rui não conseguiu descontinuar o compasso e fez nova pergunta, o encarregado foi logo para responder, inclinou o corpo no sentido da localização onde podia dar a melhor resposta, onde podia apontá-la, mas o senhor Rui interrompeu-o.

Basta, disse a si próprio. Não podia continuar a adiar. Havia um lugar onde tinha de ir.

8.

Pareceu-lhe que o motorista começou a abrandar muito antes de chegarem à casa mortuária. A partir de um instante, as ruas que desciam ficaram lentas na janela do carro, as fachadas a passarem, bidimensionais, o branco de umas a continuar no branco das outras. Talvez essa desaceleração se tenha iniciado quando deixou as memórias de casa, memórias recentes, a mulher a querer ajudá-lo, chega aqui, a mulher a compor-lhe a gravata, Alice, há minutos apenas, Alice, a mulher sentada, ele inclinado sobre ela, a mulher com os dois braços estendidos, a acertar-lhe a gravata preta. O automóvel, moderno, não permitia que tirasse conclusões pelo ruído do motor. Talvez esse abrandamento fosse sensibilidade do motorista. Os pneus no empedrado, a borracha dos pneus no granito do empedrado. Esse abrandamento, no entanto, em vez de adiar o tempo, carregava cada instante com mais fatalidade ainda. As ruas sucediam-se, inevitáveis, caminhos que o senhor Rui tinha gravados. Andou por tanto mundo, mas Campo Maior não pode comparar-se. Há pensamentos no interior do silêncio e da cal. Campo Maior é uma vila que pensa.

E, apesar de tantas advertências, foi de uma vez que pararam à frente da casa mortuária. Com outra preparação e critério, teria pedido ao motorista para encontrar lugar ligeiramente ao lado, um par de metros antes ou depois. Quem estava na proximidade das portas, à entrada, homens com as mãos atrás das costas, suspenderam-se, nem mais um gesto, nem mais uma palavra, e ficaram só a olhar naquele sentido, a analisar cada movimento. E, de repente, por imposição ou contingência, cada movimento transformou-se numa etapa, os joelhos emperrados, os artelhos também, até certas articulações em que nunca tinha reparado decidiram deixar de cooperar. Face a essa falta de agilidade, saiu do automóvel com gestos desencontrados: uma perna a não conseguir desdobrar-se e, logo a seguir, a esticar-se demasiado, o pé à procura do chão, um ombro metido para dentro, sem querer desamolgar-se. Também na subida dos degraus, escada com uma dezena de degraus mal contados, encontrou a mesma dificuldade, custou-lhe articular as pernas num ângulo, agarrado ao corrimão. O motorista, que já tinha estacionado, veio em passos apressados na sua direção, mas não chegou a oferecer-lhe auxílio. Antes disso, o senhor Rui rodou o tronco e deteve-o com o olhar, não precisou de abrir a boca.

Quando chegou ao topo da escada, a dois passos de entrar na casa mortuária, estava sozinho. Os homens à sua volta não contavam. A tarde cheirava a fumo de cigarros sem filtro, cinza ácida. Os homens olhavam-no ainda, não deixaram de segui-lo, mas também eles perceberam que apesar de estar ali, físico, estava realmente num lugar distinto, onde não conseguiriam chegar mesmo que quisessem. Talvez por isso não o cumprimentaram, essa seria uma diligência inútil e ridícula. Também o senhor Rui reconheceu os contrastes. Ainda sentado no automóvel em andamento, a certa lonjura, distinguiu aqueles vultos e, pela maneira como conversavam, pela postura que davam ao corpo, percebeu logo que sentiam o velório de modo muito diferente do seu. A nitidez dessa perceção nascia na memória. Não tinha passado muito tempo desde que ele próprio pensava o mesmo do que aqueles homens. Também ele tinha pertencido a esse grupo, quarenta e tal anos talvez, cinquenta ou sessenta e tal anos, a acreditarem que, perante a idade do defunto, mais de oitenta, a morte era natural, era de esperar.

Morrer é um dos verbos em que existe maior separação entre a terceira e a primeira pessoa. Se ele morre, é a vida, pode merecer um instante de pausa, o olhar brevemente caído, ou nada; se ele morre, pode não existir qualquer reação; se eu morro, implode o universo, não há outro assunto.

Na véspera, já depois de jantar, quando a empregada chegou com o telefone estendido, o seu primeiro impulso foi repreendê-la. Não eram horas para telefonemas e, além disso, tinha sido instruída para dar conhecimento de quem pretendia falar e, só depois, mediante aprovação, passar o aparelho. Mas, para além do braço estendido, havia o rosto da empregada, aflição de rapariga. O senhor Rui deu sinal de existência, alô, esperou durante um segundo de silêncio, e ficou a saber que o seu amigo mais sincero tinha falecido em Lisboa, no hospital de Santa Maria, como se esperava havia algum tempo.

Depois de desligar, preferiu não falar logo, não se sabe para onde olhou. Nos seus sábios pensamentos, a mulher esperou que lhe contasse, o que aconteceu quando estavam no quarto, Alice, Alice. E voltou ao silêncio, o senhor Rui adormeceu a imaginar a mulher do seu amigo mais sincero, conhecia-a tão bem, e os filhos, adormeceu a imaginá-los a seguirem a carrinha da agência funerária nas estradas noturnas até Campo Maior, a atravessarem a ponte sobre o Tejo.

Entrou na casa mortuária e, de encontro às paredes brancas, foi justamente a mulher do seu amigo mais sincero que distinguiu em primeiro lugar, sem força nos ombros, no meio de uma prole de filhos, netos e noras. A entrada do senhor Rui foi notícia e, por isso, a viúva levantou a testa, desfez-se mais quando o encarou. Os netos acudiram-lhe. O senhor Rui era padrinho de três desses netos, também de dois filhos. Passou ao longo do caixão aberto, uma mancha na visão periférica, e dirigiu-se à viúva. Não precisaram de dizer nada. Quando ela se levantou, ficaram frente a frente e deram as mãos, ela com a mágoa no rosto, ele a escondê-la, como fazem os homens. À volta, estavam os filhos, os netos e, talvez, algum bisneto. Quando chegou a sua vez, receberam um aperto de mão. Todos demonstraram a devida deferência, homem mais importante da terra, amigo do pai, padrinho, patrão. Como o pai, falecido na véspera, avô para os filhos desses, todos tinham trabalhado ou trabalhavam ainda para o senhor Rui. Os dois filhos mais velhos estavam já retirados, jogadores de malha, mas os outros ainda faziam um horário completo, cada um na sua área.

    Foi um dos mais velhos, sobrancelhas brancas, que fez o jeito de lhe indicar o caminho para o caixão do pai. Não teria sido necessário, o senhor Rui sabia o que tinha ido ali fazer. O cheiro das flores e da verdura que rodeavam a base do caixão enchia o ar da casa mortuária. Não precisou de procurar a coroa de flores da Delta, viu-a logo, era a maior.

    Lembrou-se do velório do seu próprio pai, tinha dezassete anos no interior dessa lembrança, a mãe, o irmão e as irmãs estavam vagamente atrás de si de maneira que, naquele momento, tinha a família do seu amigo mais sincero atrás de si. Lembrou-se de caminhar em direção ao caixão do pai, o seu corpo deitado, pronto para a terra.

    Já tinham passado anos sobre o momento em que se apercebeu pela primeira vez de que ia a demasiados velórios. Precisava de esforçar-se para evocar esse tempo, a primeira vez que teve a sensação de que toda a gente estava a morrer. Depois, foi alternando momentos de habituação à mortandade e outros em que regressava ao desânimo que, apesar de ser cada vez mais raro, trazia cada vez mais peso. Quando construíram esta casa mortuária, meia dúzia de anos talvez, deixou de ir ao cemitério. Gabava a obra a toda a gente, pequeno contributo para a política local, mas o verdadeiro motivo era a aflição crescente que os enterros lhe causavam, estragavam-lhe o jantar desses dias. Ia a demasiados velórios. Não tinha apenas a sensação de que toda a gente estava a morrer, começava a sentir que toda a gente estava já morta. Uma triste novidade dos oitenta e muitos. O que não mudava com a idade era a lembrança do velório do pai. Em todas as cerimónias fúnebres, com defuntos mais ou menos próximos, recordava sempre o velório do pai. Esse era o molde que usava para o profundo desgosto da mortalidade.

Ao ver o seu amigo mais sincero, tocou com o queixo no início do peito. O morto estava velho. Na pele, grossa e relaxada, abatida sobre o crânio, cor artificial, talvez a morte, talvez o fim da tarde, luz invulgar que ali chegava, distinguiu traços de memórias antigas. Lembrou-se de quando eram mesmo meninos, a brincarem; tanto que imaginaram e, pareceu-lhe naquele momento, não conseguiram imaginar tudo o que foi a vida, anos e anos, rápidos e lentos, cheios. Lembrou-se do rosto, não o rosto que estava ali morto, mas o que envelhecia quando se cruzavam na fábrica, o funcionário que tinha mais confiança com o patrão, o amigo mais sincero, ou nos batizados dos filhos e dos netos, alegre e bem-vestido. Lembrou-se do sorriso, tão simples, sincero. E viu-o sério para sempre, boneco adormecido. Escolheu acreditar que a gravata era responsável por aquele aperto rijo na garganta, mas não era.

No dia seguinte, sábado de manhã, quando o amigo estivesse a ser enterrado, o que estaria o senhor Rui a fazer? Chegou a conceber a quebra do seu hábito recente, atravessar o portão, avançar pelo corredor, entre o mármore, os nomes, fotografias esmaltadas, tanta gente que conhecia, a sombra dos ciprestes, árvores de raiz vertical. Ao longo dessa sexta-feira, em instantes fugazes, atordoado em pensamentos, distraído, chegou a considerar a ida ao cemitério no dia seguinte, a agressão da cova aberta, a cor e o cheiro da terra, mas esse foi só um truque para se esquivar à ideia do lugar onde tinha de ir nessa tarde, o lugar onde estava naquele momento: a casa mortuária outra vez, o caixão do seu amigo mais sincero. Além disso, sábado era demasiado próximo de domingo, não queria contaminar as intenções que criara para domingo, a morte era demasiado próxima da vida.

Levantou o rosto, ainda aquele salão: de um lado, a família; do outro, as pessoas que sabiam justificar a morte de um homem de oitenta e nove anos, quase da sua idade, do seu ano, 1931, três meses mais novo, pessoas convencidas de que alcançavam o funcionamento da natureza, ingénua ilusão. Este regresso, apesar do cheiro das flores e dos detergentes com que lavaram o corpo, trouxe claridade vítrea àquele momento, como se ele próprio entendesse tudo de repente. Com o seu amigo mais sincero, juntos, desafiaram tantas vezes a fronteira, um país e outro país. A morte também é uma fronteira, tem dois lados, podemos olhar através dessa linha, ver um pouco, apenas o que está perto, e imaginar muito mais. Mas a morte não permite contrabando. Quando se vai, não existe regresso ou, se existe, nada do que se pode trazer de lá tem préstimo aqui.

Domingo, levava já esse dia a crescer-lhe no pensamento. Devagar, virou-se para os familiares do seu amigo mais sincero. Acenou-lhes com a cabeça, grave, respeitoso, não se esperava mais. Ganhavam forças uns nos outros, a viúva era o centro, era ela que recebia mais, era ela que mais precisava. Preparavam-se para a grande noite que estava a ponto de iniciar-se, horas longas, intermináveis, suplício que lhes pareceria impossível de suportar e, no entanto, sábado, a manhã do dia seguinte haveria de nascer sobre o seu luto.

O senhor Rui levava já o domingo, ainda no salão da casa mortuária, mas de saída. A ideia de domingo agilizava-lhe os passos. Chegou à rua, ao topo dos degraus, a tempo de encontrar um resto de claridade, o céu de Campo Maior. Inspirou até o fundo dos pulmões, sentiu a leveza fresca do ar. E percebeu nesse instante que, durante o tempo em que ali esteve, não disse uma única palavra.

9.

Não tirou a gravata, apenas despiu o casaco. Por fim, o jantar. Muito se alongou aquela sexta-feira, pedaços de impressões surgiram-lhe durante a sopa e a conversa, como lampejos à sua frente, clarões que chegavam mesmo a interromper-lhe os pensamentos. Reparava na forma como a mulher comia devagar, Alice, como equilibrava o caldo na colher, o cuidado que colocava em não perder uma gota. Contudo, de repente, o senhor Rui distraía-se com detalhes nítidos dos loendros junto ao estádio do Campomaiorense, por exemplo, chegava a ser capaz de cheirar de novo esse perfume; ou o sentimento claro de estar no automóvel, já perto da Herdade dos Adaens, a sensação de ser um instante preciso da tarde, a luz filtrada pelos vidros. Mas a mulher deixava a colher no prato e pousava os pulsos sobre a mesa, queria descansar daquela tarefa e chamar o marido de volta. Então, o senhor Rui abandonava memórias fragmentadas e, como se sacudisse o rosto, voltava a contar novidades do velório, respondia às perguntas que lhe eram feitas.

Esses minutos, primeira metade do jantar, progrediram assim: a ternura que o senhor Rui sentia ao observar a persistência da mulher e do seu lindo nome, Alice, ao observar a maneira como resistia à dificuldade dos talheres e dos pequenos gestos; os clarões que chegavam sem aviso ao senhor Rui e lhe tomavam conta das ideias; o regresso à narrativa do velório, descrição de todas as miudezas, contadas a pedido da mulher, que não pudera ir, que não estava capaz dessas deslocações, mas que não se esquecia das pessoas. A idade é um negócio cheio de imponderáveis, economia ilógica e injusta. Onde estava a idade que tinha a mais do que a mulher? Aquele era o breve período em que apenas tinham um ano de diferença. Todos os anos havia essas semanas, esse par de meses em que apenas tinham um ano de diferença. Pouco faltava para que os números se acertassem, os dois pares ou os dois ímpares, aparentemente paralelos, mas onde estava essa diferença de idade agora?

Mas domingo. Quando a empregada entrou na sala de jantar, envolvida por uma aura de regalo, orgulhosa das cores que o forno tinha torrado no bacalhau e na cebola, a conversa mudou. Antes disso, como uma fronteira de silêncio e suspiros disfarçados, a empregada ofereceu a travessa à patroa, que se serviu de muito pouco, e ao patrão, que também se serviu de muito pouco. Logo a seguir, quando a empregada saiu, durante a minuciosa operação com a ponta do garfo e da faca, começaram a falar de domingo. Em rigor, foi ela que teve a iniciativa, queria partilhar o entusiasmo que a alumiava a partir de dentro. Mesmo, havia raios de luz que atravessavam os olhos, que lhe saíam pela boca enquanto falava de todos os planos que tinha para domingo. Fazia afirmações acerca do que ia acontecer como se não lhe faltasse qualquer certeza absoluta, como se estivesse a testemunhá-lo naquele instante preciso, como se fosse um facto.

Era fácil prender-se às palavras da mulher, música, ouvir acerca dos filhos, netos, bisnetos, todas essas porções de futuro, generosa multiplicação da esperança. Mas também lhe acontecia reparar em certos objetos da decoração, coisas. Lembrou-se do Felipe González. Distraía-se rapidamente, mas regressava logo à conversa da mulher, não chegava a perder o fio, contribuía às vezes com alguma observação, dizia o que ela queria escutar, alegrava-se por agradar-lhe, a sua mulher de nome lindo, Alice, nome bom de repetir. Eram sempre os dois, ele com oitenta e nove anos, ela com oitenta e oito, apenas com um ano de diferença durante nove semanas, sob o lustre da sala de jantar, a conversarem, e aquele momento, tempo exato, os dois a conversarem e, às vezes, a picarem uma lasca de bacalhau com os dentes do garfo.

A pedido da avó, o meu João Manuel desdobra a toalha e começa a espalhá-la na superfície da mesa. À distância de dois passos, assisto ao custo com que o rapaz se ajeita nesse trabalho e, por isso, aproximo-me para dar apoio. Cada um a dar conta de seu lado, mal terminamos, apresenta-se a minha Helena, segura cinco pratos com os dois braços, à altura do peito. Demoramos pouco tempo, não sei quanto, a terminar de compor a mesa, guardanapos, cesta do pão, tudo.

Não sou capaz de avaliar a passagem de minutos, cinco ou dez, da mesma maneira que não reconheço o ano em que estamos. Poderia fazer duas ou três contas: sei que é depois do 25 de abril, nota-se pela transparência do ar; ainda na década de setenta, os meus filhos estão já com vinte e tal ou muito perto disso. Poderia fazer algumas contas, mas não importa. Um preciosismo de tal ordem haveria de corromper a fruição de estar aqui.

Quando acumulamos suficiente tempo, os domingos transformam-se num período da vida. Recordamos os domingos como uma unidade, anos inteiros só de domingos, estações inteiras compostas apenas por domingos: os domingos do verão, os domingos do outono, todos os domingos do inverno e, de novo, as promessas feitas pelos domingos da primavera. Foram dias separados por semanas, antecedidos por sábados com ilusões próprias, sucedidos por segundas-feiras com agendas precisas, tarefas fatais que exigiam ser feitas, mas tudo se dissipa até ficar apenas uma amálgama de domingos. Ao serem vividos, transformaram-se nessa amálgama, como um almoço de domingo infinito, a crescer permanentemente a partir do seu interior.

Entra a minha sogra com a sua arte, travessa de bacalhau no forno, prato perfeito para este momento. Logo a seguir, a sua filha, minha mulher, Alice, traz os talheres com que vamos servir-nos. Estamos prontos, habitamos esta hora certa, tentaremos repeti-la muitas vezes ao longo da vida. O nosso contentamento mistura-se sobre a mesa, o meu filho estica o braço para chegar ao pão, a minha filha leva um copo de laranjada aos lábios, a minha mulher organiza-nos, a minha sogra sorri, está submersa neste instante, inspira este ar.

Somos uma imagem parada. Existe a passagem dos segundos, minutos talvez, existem os gestos, mas somos uma imagem parada, enche todo o tempo que possuímos.

A voz do Mário Soares ao telefone. Sim, senhor, um estadista. Levo na memória a voz do Mário Soares ao telefone, tal e qual como se a escutasse ainda, como se tivesse o auscultador do telefone dentro da cabeça. As solas dos sapatos assentam no cimento, quase não o acham. A voz do Mário Soares mantém-se indiferente à velocidade com que passo pelas paredes dos corredores, desço escadas, abro portas.

A secretária da câmara entrou no meu gabinete e, com um

sussurro, chamou-me para atender o telefone. Respondi com volume normal, surpreendido por essa timidez súbita. É o Mário Soares, acrescentou-me com o nome apenas esculpido no ar, a boca a fazer o movimento de dizer as palavras, mas a não emitir um pio. Aproximei-me do telefone pousado sobre a mesa, estou sim? Meu caro amigo, disse o Mário Soares, ainda a cumprimentar-me e já a dar conhecimento do seu pedido, sem tempo a perder, sem vida a perder, Portugal inteiro à espera.

Esta cena aconteceu há minutos, a conversa durou pouco, não havia motivo para se alargar. Sabemos o que queremos, depois de dizê-lo, sim ou não, estamos despachados. É também assim que caminho, saio da câmara municipal, entro no meu carro, porta, motor, tudo isso, e avanço pelas ruas de Campo Maior, manejo o guiador para dar direção à vontade. Os meus pensamentos intrometem-se na memória das palavras do Mário Soares ao telefone, litania que vai perdendo corpo, a gastar-se no empedrado das ruas, ou de encontro à cal.

Entro na torrefação da Delta sem cumprimentar devidamente várias pessoas que estranham a urgência que levo. Entro na cozinha, interrompo a lavagem de grandes panelas e reúno o pessoal, agora parado a olhar-me, todos querem saber o que tenho para dizer-lhes. Esfrego os lábios um no outro. Conto que, amanhã, o Mário Soares e o Felipe González vêm almoçar a Campo Maior. Vamos recebê-los na cooperativa Progresso Campomaiorense e vamos dar-lhes almoço. Vejo a receção destas notícias nos olhos das mulheres mais conscienciosas, têm lenços amarrados na cabeça e olhos esbugalhados.

Calma. Inspiram ao escutar esta palavra, identificam a minha descontração, também o meu sorriso, mas regressam aos nervos quando se apercebem do número de bocas, somadas as comitivas portuguesa e espanhola. Perdem todo o ânimo, esmorecem. Ainda para mais, os socialistas são gente de alimento,

queixa-se uma das mulheres. Calma, e explico-lhe que disse ao Mário Soares que, com esta prontidão, tinham de comer o que a gente come, era a única possibilidade. A mesma mulher, pouco convencida, a querer convencer-se a si própria, diz: assim sendo, o mais abastecedor será um cozido de grão.
Almoço de cozido de grão parece-me muito bem.

Os papéis sobre a mesa, como palavras de um livro dispostas à sua frente. Cada um daqueles papéis guardava um significado. Já lhes tinha atribuído ordem e, por isso, bastava olhá-los, sabia imediatamente o que continham, qual o seu propósito. Sentado, direito, o tampo da mesa traçava-lhe uma linha acima da cintura, o que permitia amplo movimento de braços. Às vezes, precisava de alcançar um papel dos que estavam mais longe e, nesse movimento, sobrevoava todos os outros. Muitas daquelas folhas eram e-mails impressos pela secretária, correspondência organizada em pastas, pronta a ser transportada para casa, onde era lida e onde recebia resposta do próprio senhor Rui. Chegava-lhe às mãos o imprescindível, a secretária possuía especialidade nessa triagem. Sobre a mesa, no montinho correspondente, havia também faturas, contabilidade pessoal que o senhor Rui fazia questão de manter. Havia ainda outros tipos de documentos, outros montinhos, cartões de visita avulsos, assuntos correntes.
Que horas eram? Teve este pensamento, mas não olhou logo para o relógio. Em vez disso, levou as mãos ao rosto: tirou os óculos e assentou as palmas das mãos nos olhos. Precisou dessa massagem e desse segundo de escuridão, e de, assim, renovar-se. Quando regressou à luz da eletricidade e às imagens, sentiu com nitidez que estava sozinho. A mulher tinha-se recolhido, não sabia há quanto tempo. De repente, como uma lembrança, pensou que, naquele instante preciso, a família do seu amigo mais since-

ro estava ainda a velá-lo na casa mortuária, pensou na noite sobre a morte. Aquele instante preciso a existir ali e, como um milagre impossível, a existir também nesse lugar, nessa dor. O corpo do seu amigo mais sincero, também ele, a existir naquele mesmo instante, deitado no interior do caixão, à espera.

O amigo, com todo o ânimo que lhe conheceu, já não testemunhava aquele tempo, concreto, preciso, aquele instante a existir. Da mesma forma, haveria de chegar um tempo que continuaria a passar sem ele, sem a sua vontade: a primeira noite posterior à sua morte, a primeira semana e, depois, o calendário a continuar, sempre. Imaginou esse tempo, tomou como referência o tempo em que estava. A morte pareceu-lhe uma espécie de solidão absoluta, sozinho para sempre numa divisão da casa.

Ali, naquele ponto do espaço e do tempo, apesar da ausência da mulher, havia a intensa presença do seu nome, Alice, sabia que iria encontrá-la em seguida. Da mesma maneira, apesar da ausência dos filhos, netos, bisnetos, sabia que estavam em algum lugar e que, no futuro, tinham reencontro garantido. Constatou que, entre os inúmeros materiais que constituem a vida, existe a ausência que permite a morte.

Que horas eram? Se a vida fosse um dia, se a infância fosse o início da manhã, apenas promessa em tudo, se a idade adulta fosse a tarde, todas as gradações até o anoitecer, que horas seriam na sua vida? Continuou sem olhar para o relógio, agora de propósito. Com pena, mas também com aceitação, concluiu que, no interior da sua vida, era exatamente aquela hora em que estava, antes de adormecer, já a imaginar o sono.

27 DE MARÇO DE 2021

1.

Há alguma coisa dentro de mim que decide despertar-me. Não preciso de relógio ou de alguém a abanar-me os ombros, a chamar-me pelo nome, Rui. Durante este primeiro instante, misturo-me com a escuridão, faço parte dela. É a partir do seu interior que vou reconhecendo as formas do mundo e, dessa maneira, é assim que eu próprio ganho forma. Primeiro, na vasta escuridão, reconheço o posicionamento das paredes, sinto a sua postura, vertical, acertada em tempos com um fio de prumo. Depois, também nesse infinito opaco que me rodeia, reconheço a altura do teto, proteção contra o céu da madrugada, demasiada lonjura. Logo a seguir, admito que a cama em que estou não é uma superfície à deriva no espaço, a planar sem rumo e sem peso; é uma cama de quatro pés assentes no chão, madeira que range ao mínimo movimento. Só então começo a distinguir os sons, as ruas desertas de Campo Maior, habitadas por cães e outros animais insones, alguma brisa talvez e, mais perto, aqui mesmo, a respiração do meu irmão, profunda, ar que lhe entra pelas narinas, que atravessa diversa tubagem até lhe chegar aos pulmões, onde é processado e devolvido pelo mesmo sistema de canalização, com a singela diferença de ser expelido pela boca, através dos dentes de cima, pelos lábios entreabertos, baforada. Consciente do quarto inteiro, estou também consciente do meu corpo, da informação transmitida pela minha pele, temperatura, textura da roupa da cama e, por contraste, a minha própria densidade e volume, presença. Termina este instante quando decido levantar-me. Essa já é uma decisão absolutamente minha.

Houve alguma coisa dentro dele que decidiu despertá-lo. Não precisou de relógio ou de alguém a abanar-lhe os ombros, a chamar-lhe pelo nome, senhor comendador. Durante esse primeiro instante, misturou-se com a escuridão, fez parte dela. Na memória, começou por encontrar a forma daquilo que o rodeava, a volumetria do quarto, o mobiliário, a decoração e, transcendendo a arquitetura, chegou ao entendimento das ruas de Campo Maior. Traçou esse retrato mental não tanto pelo que efetivamente ouviu, os tímpanos ainda letárgicos, mas sobretudo pelo que recordou de outros dias, outros sábados de março em que já estava na rua àquela hora: cães nos quintais, olhares através de vedações de ferro forjado, talvez uma brisa a passar pela folhagem das árvores do jardim municipal. E essas imagens a permitirem som, as unhas dos cães nos mosaicos, um ganido de impaciência miúda, e as folhas das árvores como uma multidão a sussurrar, a admirar-se ou a indignar-se coletivamente. Logo a seguir, também os sons no interior do próprio quarto, a existência: a mulher, Alice, a respirar tão delicadamente, apesar dos defeitos desse movimento de ar, a inspiração a ser feita em duas ou três levas, a segunda e a terceira a corrigirem as anteriores, Alice, a expiração como um suspiro de alívio extremo. Consciente do quarto inteiro, estava também consciente do seu corpo, da sua pele e da sua idade, oitenta e nove anos ainda. Lembrou-se de quando tinha doze anos, acordava de madrugada ao lado do irmão, eram sábados como aquele, mas tinha doze anos e, por isso, tudo era diferente. Terminou esta lembrança e este instante quando decidiu levantar-se. Essa já foi uma decisão absolutamente sua.

O meu irmão António engasga-se no fôlego, como se estivesse a correr atrás de um sonho e, de repente, tropeçasse nas suas próprias ideias. Acorda estremunhado neste quarto onde me visto às escuras. Esforço-me por não rir dessa alvorada bruta, não deixo escapar sequer um risinho raspado no nariz, mas devo ter sorrido mais ostensivamente do que imagino porque, mesmo sem luz, o meu irmão apercebe-se de mim e reclama, estás a fazer pouco?, atira um par de ameaças vazias, hás de ver, e enreda-se em mau humor. Ouço-o levantar-se, coçar-se, espreguiçar-se, bocejar. De joelhos, para evitar salpicos, alivia a bexiga no penico, a urina nova revolve o aroma da urina do meio da noite. Demora nesse trabalho, tem o depósito cheio. Nos últimos jatos, irregulares e morrentes, já está mais acordado e bem-disposto. Acende um fósforo à primeira, o rosto do meu irmão, o seu corpo e os ângulos do quarto ficam desenhados com sombras a partir desse ponto incandescente que segura entre dois dedos de uma mão. E acende a vela. Estou vestido já, falta calçar as botas. A luz da vela aquece o ar, aquece o cheiro dos corpos, do suor e do sebo nas roupas da cama.

Antes de sairmos para a rua, enquanto o meu irmão enfia as pernas nas calças, faz o laço dos atacadores e passa a mão pelo cabelo, discutimos a origem de um ruído suspeito. Após analisarmos a diferença entre intestinos ou pernas de uma cadeira a raspar no soalho, iniciamos o tema da autoria, debate vão, uma vez que somos apenas dois, aplica-se a exclusão de partes mais elementares: se não fui eu. No fundo, esta contenda evidencia gosto pela retórica, vontade de conversa. O meu irmão leva a discussão para a rua com o mesmo cuidado com que transporta o penico, braço forte, cotovelo em ângulo reto, atento às marés de urina que oscilam graciosa e ameaçadoramente a cada passo na calçada. Sem decisão, empatado, o debate termina quando chegamos à sarjeta e o meu irmão se agacha para entornar a penicada. Aguardamos em silêncio até o fim desse jorro e, depois, até a pinga mais resistente. Quando o meu irmão se levanta, estamos satisfeitos com o sossego desta hora fresca. Serão quase quatro da madrugada, não precisamos do sino da igreja matriz ou do relógio de pulso, assimilámos um ritmo. Também assim são os insetos que já fazem vida nas linhas de terra, entre as pedras da calçada; os pássaros noturnos ou matutinos que já se dirigem a algum lugar; e a própria rua, estreita, lançada em direção à praça da República, cingida por paredes de casas diante umas das outras, já despertas, só à espera do dia para exibirem o ânimo da cal.

A porta, atravessada por linhas carregadas ou ténues, brilha com a luz que contém. É o meu irmão António que a abre, usa o cotovelo, o ombro e a mão que tem livre. O nosso pai e a nossa mãe continuam fixos naquilo que os entretém, não olham na nossa direção, já sabem. O nosso pai está sentado, toma conta de duas fatias de pão que começaram agora a torrar ao lume. A nossa mãe está a lavar uma tigela. Sabemos o que fazer. Sou eu que fecho a porta, voltamos a esquecer a rua por alguns minutos. O meu irmão pousa o penico no chão, o esmalte toca a pedra, no canto onde será recolhido para lavagem, corta uma fatia de pão com a navalha e segue para o lado do meu pai. Recebo a tigela e sou eu que migo cubos de pão duro. Há ainda gotas de água a escorrerem pelas paredes da tigela. O meu pai e o meu irmão chegam à mesa com fatias de pão a queimar-lhes a ponta dos dedos. A minha mãe aproxima-se com o leite fumegante. A luz do candeeiro de petróleo, amarela, com o aroma ácido do petróleo, é o elo que nos une, que nos transforma num mecanismo de quatro peças interligadas. Sabemos que faltam aqui as minhas irmãs, não esquecemos os seus nomes, Cremilde e Clarisse, não esquecemos a impressão das suas presenças, a Cremilde está ainda a descansar, chegará daqui a pouco, quando os homens já tiverem saído, e a Clarisse está na casa dos padrinhos, pequenina, nunca a esquecemos, está a pouca distância daqui. Mas agora o meu pai e o meu irmão espalham a manteiga que derrete sobre o pão torrado, a minha mãe lança o leite quente sobre os cubos de pão na tigela, que o embebem, são esponjas brancas de miolo. Eu recebo no rosto o vapor desse leite, inspiro-o e apercebo-me desta luz que nos une, o tempo é espesso no seu interior.

Escaldo a ponta da língua com a primeira colherada, todos se riem, menos a minha mãe. Sopro a segunda com muita paciência antes de sorvê-la. Na luz grossa do candeeiro de petróleo, no seu peso, circulam as vozes dos meus pais e do meu irmão. Pouso um cubo de pão na boca. Devagar, aperto-o com a língua de encontro ao céu da boca, sinto o leite morno a jorrar do seu interior. Imagino um dia em que tenha a minha própria casa, em que tenha a minha própria fábrica, uma torrefação de café. Imagino o trabalho que vou fazer durante o dia de hoje, a manejar a máquina, a espalhar o café quente, a carregar sacas de café, mas a fábrica a ser minha, o trabalho todo a produzir diretamente para meu provento. Levo a tigela aos beiços para recolher o leite que sobrou no fundo, este resto é o melhor.

A claridade deu início ao sábado, primeiro na casa de banho, claridade abundante na janela fosca, refletida nos cromados das torneiras, na loiça do lavatório e no espelho, que também refletia o seu rosto, estremunhado, rosto natural, anterior aos cuidados que lhe dariam compostura. Depois, no regresso ao quarto, a claridade tirava o máximo partido de todas as nesgas, suficiente para garantir iluminação satisfatória aos movimentos com que se vestia, roupa escolhida na véspera, segurança de todos os dias: o elástico das meias sobre as canelas, pele e pelo; o abotoamento da camisa, de baixo para cima, cada botão a ter o seu momento na ponta dos dedos; as fraldas da camisa acertadas no interior das calças, fazenda espalmada de encontro ao morno; e o cinto apertado pela fivela, a dar solução e conclusão. Os números do despertador eletrónico existiam, ter-lhe-ia bastado levantar o queixo, ajustar o pescoço à procura dessa certeza, mas era sábado, tinha oitenta e nove anos, preferia avaliar a qualidade da luz e, através desse método, tomar conhecimento das horas. Mesmo filtrada pelas persianas quase fechadas, pelos cortinados, pelo longo corredor e pela porta fechada, a claridade era suficiente para todos esses serviços.

Como uma montanha, Alice, o corpo da mulher traçava um horizonte, linha que se expandia e, longos segundos depois, contraía. Também essas ondas assinalavam o tempo, davam cadência àquele início de sábado. Ele sentia a presença da mulher sobre a cama enquanto terminava de calçar os sapatos, da mesma maneira que a tinha sentido quando se levantou, quando deixou o colchão, durante o tempo em que esteve na casa de banho e, a seguir, ao voltar, munido de gestos e ideias. Por isso, reconheceu o instante exato da mudança, separou-o do instante anterior: a mulher mexeu-se, Alice, uma perna dobrada pelo joelho e esticada logo a seguir, um braço que deixou cair sobre o lençol e uma sílaba no interior da respiração. Esse foi o instante exato. Alice sabia que o marido estava a pé, acordou virada para o centro da cama, para o lugar vazio do marido; mas não precisou de apalpar essa ausência para reconhecê-la, era sábado e sabia bem como avançava o costume dos sábados. Apesar de recém-desperta, chegava das memórias de dias anteriores, convertidas em inconsciente pela azáfama dos sonhos, e, por isso, tinha muito clara a localização daquele sábado no calendário, dia 27 de março de 2021, extraordinária véspera do dia seguinte. Acordou bem-disposta e despenteada, a sorrir em todas as direções.

Essa jovialidade deu ordem ao marido para abrir um pouco as persianas. Assim entrou mais sábado sobre os tapetes, inundou o quarto, sobre a cama onde Alice se levantou com a ajuda do marido, primeiro sentada, depois uma perna, a seguir outra perna, o marido a amparar-lhe o braço, a camisa de noite estendida pelo corpo, os ombros brancos. Acertaram os pés de Alice na entrada dos chinelos e caminharam até a casa de banho, um pé de cada vez. Há meses que o senhor Rui tinha escolhido este dia da semana para dar folga à empregada, encarregada diariamente destas serventias. Estavam sincronizados, os gestos sucediam-se numa organização estudada, coreografia. Esse à-vontade permitia o eco da voz de Alice nas paredes da casa de banho, deslizava sem atrito nas superfícies lisas da banheira. Animada, falava do dia seguinte, não há idade quando se acredita que amanhã será melhor do que hoje.

Nessa voz de menina, misturava-se a manhã e os nomes dos filhos, netos e bisnetos, misturava-se o som da água a correr, água que saía fresca da torneira e se envolvia naquela luz, aquela hora, a voz a ganhar primavera no momento em que dizia o nome dos filhos, netos e bisnetos. Menina Alice, digna na sua repentina juventude, o marido a estender-lhe a toalha, gotas de água dispostas na pele do rosto, o entusiasmo nos olhos e, durante segundos mudos, a toalha a cobri-la, o toque desse pano turco, e as sobrancelhas desalinhadas, o mesmo entusiasmo, intacto, e o marido a pentear-lhe as sobrancelhas com a ponta do indicador.

E, outra vez, o quarto. Ainda sábado sobre os móveis. O senhor Rui não conseguia separar a voz da mulher dessa claridade limpa, claridade respirável, e também ele se animava com tanto e tão leve espírito, mas a mulher estava a vestir-se, esse era um tempo lento, feito de gestos destacados, a existirem à vez, havia uma delicadeza especial, uma espécie de segredo, um encanto a que apenas se chega depois de muitos anos, Alice, esse nome atravessava o tempo, e o tempo era a vida. Enquanto a mulher se vestia, tecido sobre a pele, o senhor Rui era testemunha das muitas idades da mulher, de dias específicos, momentos em que estiveram juntos, em que olhou para ela da maneira como estava a vê-la ali, menina Alice, os dois a tornarem-se pais, a tornarem-se avós, sempre a sua companhia, todas as vezes em que teve vontade de contar-lhe alguma coisa, todas as vezes em que esperou por estarem juntos para contar-lhe alguma coisa e, também, ali, os dois, Alice quase vestida, ele a esperá-la, sua noiva.

O pequeno-almoço estava servido, aguardava-os. Ajeitou a mulher na cadeira, contornou a mesa e sentou-se. Olhou para a oferta que tinha disposta à sua frente, o sábado acrescentava vida às cores da comida. Por instinto, levou o café à boca. Escaldou a ponta da língua, assustou-se, mas conteve o transtorno, a mulher não deu por isso. Suspendeu os gestos que tinha em perspetiva, concentrou-se nas gradações que a ponta da língua atravessou até ficar dormente. Lembrou-se de quando comia com os pais e o irmão, a casa de quando tinha doze anos, a madrugada antes do trabalho, o aroma ácido do petróleo nesse ar e nessa lembrança. Diante de si, no outro lado da mesa, a mulher estava compenetrada em qualquer assunto, mantinha o entusiasmo no olhar, Alice, menina. Rui, também menino por um momento, teve a distinta vontade de sopas de leite, procurou uma tigela e uma colher, leite num pequeno jarro. Lembrou-se de ter um cubo de pão na boca, a sua textura, a apertá-lo com a língua de encontro ao céu da boca, o leite morno a jorrar do seu interior. Teve essa vontade nítida, sopas de leite, essas palavras ditas pela mãe, apeteceu-lhe sopas de leite mais do que qualquer outra comida, mas olhou em volta, procurou em toda a mesa, não tinha pão duro.

Onde estou? Embico a clavícula no sentido da estrela, foi o meu tio Joaquim que me ensinou a distinguir esta estrela entre todas as outras, é a estrela espanhola. Agora, já não sou capaz de olhar para o céu da noite e ver apenas um desalinho de pintinhas, luzes que se estendem em raios se semicerro os olhos. Agora, quando levanto a cabeça, encontro sempre este desenho, como um mapa lá em cima, uma orientação. Conheço bem o terreno, mato que raspa nas botas, som familiar desta época do ano, mas a lua nova compõe uma noite de sombras negras diante de sombras ainda mais negras. Por isso, às vezes, falho a vereda. Os cinco homens que vêm atrás de mim fiam-se na minha noção. Uma parte deles é de aprendizes desta rota, apesar de mais velhos do que eu; outros fiam-se em mim porque preferem não gastar a cabeça com pensamentos dessa qualidade, sabem que a noite é imensa, temos ainda muito que andar. Somos seis, eu mais eles, os meus passos deixam os passos destes homens como rasto, tal é a nossa passagem, a pancada das solas na terra e, quando calha, no mato de estevas e tojos secos. Também o silêncio das primeiras cigarras do ano, grilos à porta da toca, bichos descansados ou furtivos, morcegos indiferentes sobre as nossas cabeças, corujas a piar música de vários tons. Lá ao longe, imaginada, a Espanha, campos como estes, no sentido da estrela indicada pelo ângulo da minha clavícula. E, em certos momentos, ao calhas, algum sinal da nossa presença: um dos homens, o terceiro ou o quarto, a fungar desde um ronco das fossas nasais; outro a soluçar a lembrança do farnel; uma cuspidela aqui e ali, por desporto. Apenas sons da natureza, apenas a velocidade constante dos passos, a sola das botas, não temenos este escuro, temenos os *carabineros*, não por eles ou pela cara feia que fazem quando falam espanhol, mas por ficarem com o café. Não acartamos o valor deste carrego durante quilómetros para entregá-lo a um *carabinero* qualquer, como esse Alarcón de que por aí falam, ou esse del Pino e outros que não devem ter quem os espere em casa ou sequer colchão onde estender os ossos, tal é a quantidade de noites que passam na vigia, escondidos atrás de arbustos. Sou uma sombra entre sombras, sou um vulto, diferencio-me a custo da noite e deste corpo de seis cabeças que formo com os homens que me seguem. Onde estou? Estou a caminho. Saí de um ponto e, depois de atravessar a fronteira, chegarei a outro ponto. Lá, quando chegar, serei outro, mas continuarei a ser eu. Como se saísse de uma idade, atravessasse uma noite inteira, uma fronteira traçada no chão, e chegasse a outra idade.

2.

O Mário Soares lança-se a espanholar sem pudor. Com o casaco pendurado nas costas da cadeira, mangas da camisa arregaçadas e bicos dos cotovelos espetados na toalha de mesa, inclina-se para a frente. O Felipe González parece entender metade, divertido, enquanto depenica flocos de miolo. Isso, que se encha de pão, o conduto é menos certo. Ao mesmo tempo, duvido que ache pão com tanto nível lá em Madri, cozido no sossego da noite passada, lenha de azinho a estalar no forno. *Por supuesto*, diz o Felipe González de vez em quando, com a bochecha redonda de pão. O Mário Soares não depende desse apoio, mas aprecia-o, nota-se. Estamos cinco ou seis parados a ouvi-lo.

Já falaram de política que chegue, agora querem outros assuntos. O Mário Soares conta peripécias que passou em tempos. Precisamos de afinar os ouvidos para distinguir esse enredo. Apesar de falar alto, com boa articulação e técnicas de discursista, a sua voz é envolvida pela algazarra que enche o salão. É muita gente, socialistas de um lado e do outro da fronteira, políticos de médio porte que acompanham estes Titãs.

Também os aspirantes deram descanso ao casaco nas costas das cadeiras, enfiaram um dedo entre o nó da gravata e o colarinho, abriram folga para respirarem mais à larga. Quem estiver perto saberá do que falam; daqui, só se distingue a cacarejada geral, sem ofensa para os companheiros. Os ouvintes comem azeitonas retalhadas e largam os caroços na palma da mão, ou, como o Felipe González, entretêm-se com nacos de pão. Os oradores alimentam-se de palavras, naturalmente.

Entra um exército de homens e mulheres carregados de terrinas, dividem-se pelas mesas. O Felipe González olha para mim e pergunta: *bacalao*? Engulo em seco, explico-lhe com castelhano de Badajoz, Mérida, Almendralejo, desses lados, que não houve tempo para pôr o bacalhau de molho, dar-lhe aquele gosto. Esse pitéu terá de ficar para outra ocasião. O meu sorriso convenceu-o e, também, quando chegou a sua vez, foi convencido por um par de conchas vaporosas de cozido de grão.

Com um fundo de caldo, as terrinas saem pelo mesmo ponto por onde entraram, apenas mais desorientadas, com menos desfile. E, de repente, diminui a barafunda de vozes, aumenta o repenicar dos talheres na loiça. Não é preciso ser maestro, basta escutar com atenção: essa fanfarra vai-se transformando, ganha novo timbre à medida que os pratos se esvaziam, sinos com cada vez maior poder de ressonância e, no fim, esses pratos inclinados e as colheres a baterem repetidamente para rapar finalização.

Um gole de vinho tinto, e outra vez se destapa o falatório. Estamos no centro de alguma coisa. Sinto o zelo com que todas as pessoas de Campo Maior imaginam este salão, tanto os que aplaudem como, sobretudo, os que desdenham. Uns e outros encontraram posto para, pelo menos, verem a passagem dos automóveis. Os mais interessados juntaram-se aqui à porta da cooperativa para assistirem ao articular dos esqueletos, para avaliarem a fazenda dos paletós. O Mário Soares, como seria de esperar, fez o gosto ao povo, aproximou-se, aceitou palavras boas, apertou mãos a chegarem de todos os lados. O Felipe González foi muito mais esquivo, é um rapaz com esse tipo de moderação. Já almoçado, mantém o sorriso brando sobre todas as palavras, concorda aqui e ali para manter a presença, *por supuesto*. O Mário Soares é um homem que já pisou muita folha. Dos trinta e tal do Felipe González para os cinquenta e tal do Mário Soares vai um pulo valente. Além disso, há a vida de um e a vida do outro, biografia autorizada e não autorizada, há a natureza de um e a natureza de outro. As mesas corridas do salão estão repletas de homens diferentes, cada um terá a sua gesta, não há nenhum mal nisso, mas são todos socialistas e têm todos a barriga cheia de cozido de grão.

Não o reconheceu no primeiro segundo. As feições alargaram--se, antes eram mais esculpidas. As sobrancelhas deixaram de notar-se, brancas sobre a pele brilhante, e o rosto perdeu algum arranjo. Mas continuava de cabeleira farta, todo branco, não cultivava um pelo que não fosse branco, mas bastante composto. O senhor Rui analisava o Felipe González na televisão e distinguia as feições de outros tempos, quando estiveram a almoçar juntos nas mesas improvisadas da cooperativa Progresso Campomaiorense. Já estava bem entrado nos setenta, talvez quase a bater nos oitenta. O jornalista obsequiava-o com a cerimónia que se concede aos anciãos, oferecia-lhe uma pausa para falar. O senhor Rui ouvia o Felipe González e reconhecia-lhe a lisura de antes, um homem a que não faltava tempo, mirava o interlocutor em pontos certos, entre o grave e o tímido. A voz talvez tivesse enrouquecido um tanto, como é normal, a garganta cansa-se de dar vibração, enferruja, mas era o mesmo homem.

O senhor Rui estava sentado no sofá, embora não ocupasse o lugar habitual. Ao reparar que a idade transforma as pessoas, mas continuam a ser as mesmas, apercebeu-se da contradição. Por natureza, mudar é deixar de ser uma coisa e passar a ser outra coisa. Reformulou esse pensamento: a idade transforma as pessoas, que continuam a ser as mesmas em determinados assuntos e outras noutros assuntos. O Felipe González mantinha o nome, a fonética, mas mudara de pele e de tato na ponta dos dedos. Essa era a lição da boa memória e das fotografias antigas. Mesmo através do vidro da televisão, parecia ao senhor Rui que o Felipe González jovem estava dentro do Felipe González velho. Como lhe acontecia a ele próprio quando se olhava ao espelho, debaixo do seu rosto achava outro rosto, uma sucessão de rostos e, ao mesmo tempo, a insistência dos olhos, sem idade, meio coitados, prisioneiros daquilo que não conseguiam dizer. Ali, o Felipe González foi um espelho.

Ali, Alice. Não foi preciso chamá-lo, a mulher, Alice, animada, iluminada pela manhã, continuava sentada à mesa do pequeno-almoço. O senhor Rui levantou-se das profundezas do sofá, os joelhos a carregarem com todo o esforço, e foi tratar da medicação. Ao lado do copo de água, pousou dois comprimidos e uma cápsula. A mulher olhou para essas cores sem interesse. Segurou o copo de água e, com os dedos em pinça, tomou os medicamentos um a um, empurrados por goles sôfregos de água. Dois desses pontinhos precisavam de ser tomados com alguma coisa no estômago, exatamente depois do pequeno-almoço; um deles pertencia ainda à leva que tomou em jejum, tinha ficado esquecido. O senhor Rui e a mulher seguiam pelo corredor de braço dado, vagarosos, como se estivessem num longo passeio, sem pressa. Para algum lugar se dirigiam. Alice falava das cautelas que ainda tinham de ser tomadas, preparação pormenorizada, domingo era já no dia seguinte, não havia prazo para esbanjar. Essa conversa desenrolava-se enquanto davam passos muito lentos, na fluidez do corredor, como se estivessem no jardim da vila, com o mesmo respeito de quando namoravam, respeito de fim dos anos quarenta, início dos anos cinquenta. E, claro, os filhos, netos e bisnetos, mencionados por ordem desarrumada de lembrança, as fotografias nas molduras como ilustrações de pensamentos. Numa longa caminhada, avançavam a pouco e pouco, cada passo era uma tentativa. Os dois, de braço dado, a sentirem o calor e o conforto um do outro, amparados.

Na sala, sozinha, a televisão continuava a despejar o mundo.

A televisão está tapada com um pano. Espera o início das emissões, lá mais para o entardecer. O pano, costurado pela patroa do estabelecimento, garante proteção contra o pó e bom funcionamento do aparelho. Precisam de subir a uma cadeira para cobrir a televisão. Esse trabalho tem lugar ao fim da noite, quando rebenta o hino nacional e os senhores dos programas se vão deitar. Voltam a destapá-la pouco antes das seis da tarde, às vezes ainda com a mira técnica e um fundo de música clássica. Então, de repente, o ecrã transforma-se num relógio, e o ponteiro dos segundos em contagem decrescente a apitar, *pi*, *pi*, *pi*, a chegar à hora certa, *piii*, e aí está a televisão, gente a preto e branco, gente de pele cinzenta a falar com letra de imprensa, dicção exemplar. A televisão está no topo de um canto do café. Mesmo desligada e tapada com um pano, impõe presença.

Possuo estas informações porque ontem dormi no quarto que arrendam no primeiro andar, águas correntes, lençóis um pouco ásperos. Estou há duas noites sem ir a casa, desde terça-feira. A mesa tem um tampo de mármore e, por isso, o pires faz um barulho distinto quando bate na pedra. Não preciso de perguntar ao patrão se usou o café que lhe deixei de amostra. Mesmo ao longe, reconheço a nossa torrefação pelo olfato. Então, o que me diz? O homem olha para mim e entende o que lhe pergunto, mas não responde. Antes de mais palavras, chega a mulher. Também ela traz um pires: o estampido da loiça no mármore. Sinto-me olhado por esse papo-seco com presunto, murcho, cortado ao meio sem vontade. À minha frente, de pé, também o casal de proprietários me olha, nódoas nos aventais. Voa uma mosca. A esta hora da manhã, sou o único cliente. O meu sorriso realça as possibilidades do dia. Puxo as cadeiras e convido a mulher, em primeiro lugar, e o homem, logo a seguir, a tomarem assento no seu próprio estabelecimento.

São boa gente, mas têm os dentes maltratados. Insisto: então, o que me diz? O homem encolhe os ombros. Viro-me para a mulher: é ou não é café de categoria? E dou a primeira dentada no pão com presunto, pão seco, presunto salgado. Sorrio como se aquele fosse o melhor pequeno-almoço do mundo, como se não tivesse um torcicolo a forçar-me a nuca, como se não me lembrasse a cada passo da minha Alice e dos pequenos. A patroa, mais decidida, admite que é café de categoria, gostoso, a bom preço. Confirmo que é com ela que vou fechar negócio, e faço-lhe ainda melhor preço. Repito a palavra Delta muitas vezes, quero que não se esqueçam do nome, quero que se habituem a ouvi-lo para se habituarem também a dizê-lo: a Delta isto, a Delta aquilo, e sorrio.

Aperto a mão da mulher, a entrega vai ser feita na próxima semana, pode contar com isso. Aperto a mão do homem, mão húmida. Não sei de cabeça em quantos cafés e restaurantes ainda entrarei hoje antes de adormecer em Vila Velha de Ródão, num quarto parecido com aquele onde acordei há pouco. Mas estou com ânimo, com muito ânimo. Mais um negócio fechado.

Levo a chávena de café aos lábios, ainda está quente.

Senhor presidente, diz uma das cozinheiras, a mais sénior. Está num canto, como uma sombra, ainda com a roupa de enfrentar os panelões de alumínio, lenço na cabeça, faz-me lembrar a minha mãe. Observa o fim da refeição, estes homens engravatados a fumarem cigarros e cigarrilhas, já levantados, a darem grandes gargalhadas em português ou em castelhano, satisfeitos, regalados. Veio observar o seu trabalho cumprido, sei o quanto lhe custou e, por isso, aproximo-me da cozinheira e pouso-lhe uma mão no braço, essa é a minha maneira de agradecer. Senhor presidente, diz ela, comovida com o que aqui aconteceu hoje. Talvez se refira a presidente da câmara ou presidente da cooperativa, ocupo essas duas responsabilidades, ou, com mais probabilidade, talvez essa seja a sua maneira de mostrar que me entende, que nos entendemos.

O Mário Soares anda por todo o lado. Este homem nasceu para falar com as pessoas, vira-se para um e para outro lado com igual interesse. Tanto portugueses como espanhóis querem cumprimentá-lo, tem uma palavra guardada para cada um. Aponto para a porta, acompanho o Felipe González, seguimos rodeados, a saída é a ponta de um funil. Lá atrás, também o Mário Soares faz esse caminho, vai de uma pessoa a outra, gente que não pode perder a oportunidade de dizer-lhe qualquer coisa ou, apenas, de estar à sua frente por um instante. Na rua, os carros não são poucos. A multidão emite exclamações coletivas, admirações também coletivas. O maior desses clamores é dirigido ao Mário Soares, que levanta o punho socialista e inflama a multidão. No interior do automóvel, o Felipe González sorri pela janela aberta.

Os motoristas estão à espera, o brado da multidão mistura-se com o rugido dos motores. Antes de entrarmos, o Mário Soares aproxima-se de mim, correu tudo tão bem, e abraça-me com um par de estrondosas palmadas no centro das costas. A coluna de carros avança devagar pelas ruas da vila. Tenho a garganta apertada, não consigo falar. Como me orgulha que Campo Maior seja a capital da península durante este momento.

Quando os pneus pisam alcatrão, inspiro fundo. Ontem, quando o Mário Soares me telefonou para a câmara e me falou deste almoço, era recente a decisão de participarem no comício de Badajoz. Nem ele, nem o Felipe González tinham esta presença planeada antes disso. Iniciamos agora esse capítulo, os homens do PSOE de Badajoz já devem estar à espera. Imagino a euforia com que receberam a notícia destas insignes participações no seu comício.

Abrandamos e paramos. O motorista continua a olhar para a frente, com as duas mãos no volante. Permanecemos cingidos pelos cintos de segurança. Rodo a manivela do vidro da janela, acendo um cigarro, mais um. Tudo normal, os primeiros carros da caravana chegaram à linha de fronteira. Sopro fumo do cigarro no céu, dissolve-se no cinzento.

Sempre a papelada, é preciso comparar a fotografia dos documentos com o rosto espavorido dos homens que têm à sua frente. Atiro a ponta do cigarro para longe, a brasa quase no filtro. A passagem da fronteira deveria ser lesta, estamos ainda no lado português, mais difícil deveria ser a entrada em Espanha. Ouço vozes já com um tom exaltado, tiro o cinto de segurança, abro a porta, vou ver o que se passa. Avanço ao longo de uma fila de carros parados, a sola dos sapatos novos na pedra negra do alcatrão. As vozes aumentam de volume a cada passada.

Encontro o diretor de alfândega em disputa com três homens de gravata, dois portugueses e um espanhol a tentar perceber o que se passa. O diretor diz-me: ainda bem que o senhor aí vem. E explica-me que há povo infiltrado na comitiva, que há trânsito ilícito de produtos, que não pode permitir essa passagem. Assim que acaba de dar esta explicação, ouve-se uma porta a bater com toda a força, aí vem o Mário Soares. Começa a falar ainda ao longe, furioso: por que é que nos está a complicar a vida? O diretor, lívido, hirto, tenta defender-se, estou a cumprir a lei, só estou a cumprir a lei, senhor doutor. Já aqui, a cuspir as palavras, olhos nos olhos, o Mário Soares diz-lhe duas ou três coisas que, tenho a certeza, não quis realmente dizer e que, acredito, se arrependerá logo que as considere mais a frio. O diretor de alfândega parece transformado em pedra. Acalmo o Mário Soares, enquanto convenço o diretor a deixar passar os principais, os que vão já atrasados para o palanque. Depois, que proceda à devida fiscalização.

Com esse acordo, há dois veículos que saem do seu lugar na longa fila. Passa o automóvel do Felipe González, altivo. Logo a seguir, o automóvel do Mário Soares abranda a poucos metros de nós. O próprio Mário Soares abre o vidro e, dirigindo-se ao diretor da alfândega, apontando-lhe desdém, dá-lhe a garantia de que hão de ter uma conversa, só os dois. Ponho-me à frente desse olhar e faço sinal para ir andando, que não se preocupe, eu fico aqui a tratar do assunto.

3.

Começa por parecer-me um estrondo porque é assim que a minha cabeça entende essa interrupção na noite. Não sei que sonho alimentava, em que ponto ia, mais clara é a sensação de ter sido arrancado com uma garra. Estava dentro de um lugar muito interior, escuridão como rocha, e uma garra arrancou-me de lá. Mas não foi realmente um estrondo, foi a campainha duas ou três vezes seguidas, a fazer questão de ser ouvida. Também a minha mulher foi acordada da mesma maneira, Alice, ao meu lado, sentada na cama, aflita, a olhar para todos os lados nas luzes apagadas do quarto, cheia de perguntas. Ladram cães na rua, rosnam, aumentam a tensão. A campainha toca de novo, esse instante é comparável a agulhas, espeta-se em múltiplos pontos do corpo, sobretudo nos olhos, como cal viva.

Aconteceu alguma coisa. Não sei se é a minha mulher que diz estas palavras ou se sou apenas eu que as ouço dentro da minha cabeça. Aconteceu alguma coisa. Levanto-me da cama, os pés descalços no chão, a realidade. Enquanto procuro os chinelos na penumbra, ganho discernimento, passam das duas da madrugada. O pijama guarda pedaços do calor dos lençóis, mas é inábil para conter o gelo desta hora. Avanço pelo corredor, vigilante, consciente de detalhes, os objetos, a sua transitoriedade, súbito desvalor, e, ao mesmo tempo, sou atravessado por vozes, como túneis. Avanço pelo corredor e, ao mesmo tempo, sou o corredor por onde avançam vozes a darem terríveis possibilidades: aconteceu alguma coisa, o meu filho, pode ter acontecido alguma coisa ao meu filho. Levo o coração no peito, sou capaz de escutá-lo.

A campainha volta a tocar, aproximo-me, tenho a porta à minha frente. As respostas estão do outro lado. Os dois últimos passos demoram muito tempo, subdividem-se. A minha mão dirige-se à porta. Este instante. E fico diante de uma mulher. Estamos os dois a olhar um para o outro. As luzes dos candeeiros da rua, uma certa desolação.

A sua voz traça silhuetas dramáticas nas palavras. Fico a saber que é a mulher do diretor da alfândega, mais velha do que eu, apesar dos cabelos modernos. A sua aflição derrama-se sobre os pedidos de desculpas que repete, estas horas, pede desculpas por estas horas. É uma mulher apavorada, com um xaile sobre os ombros. Trata-me por nome e sobrenome, senhor, e suplica-me que ajude o marido, começa por fim a chorar. Antes, já tinha cara de choro, mas só agora começam realmente a cair-lhe lágrimas pelas faces. E enaltece o marido, bom marido, bom pai, trabalhador, respeitador de toda a gente.

Imagino as conversas que tiveram desde que o diretor chegou a casa e contou o episódio com o Mário Soares na fronteira. Imagino-o neste preciso momento, no carro estacionado, numa rua próxima daqui, debaixo de uma sombra, cheio de medo, à espera da mulher.

Não encontro intervalo para falar. O desespero desfigura o rosto da mulher. Há uma aragem muito fina, gélida, que me entra pelo fundo das calças do pijama, sobe-me pelas pernas. Levanto a mão, a mulher cala-se, sufoca a lamúria. Asseguro-lhe que pode estar descansada, ninguém vai fazer nada contra o marido. A situação da fronteira não terá qualquer desenvolvimento.

Nas minhas costas, lá ao fundo, apenas revelando uma parte do contorno, sinto a presença da minha mulher e da minha filha, Alice e Helena, dois vultos. Com a camisa de dormir apertada sobre o peito, espreitam e tentam ouvir a conversa, assustadas e curiosas, a quererem saber o que se passa, espantadas a meio da noite.

Garanto à mulher do diretor da alfândega que pode estar descansada. Interrompe-me para falar dos filhos, chora com mais convicção, roga clemência. Pode estar descansada, garanto-lhe. Em Badajoz, ao jantar, o assunto voltou a surgir, e asseguro-lhe que está tudo resolvido, não haverá qualquer desenvolvimento.

Provavelmente, a filha estava quase a chegar. Não tinham marcado hora certa, apenas um conceito que partilhavam: meio da manhã, cálculo que pressupõe a definição do início e do fim da manhã, limiares difusos. O meio da manhã era sobretudo uma impressão, mas a luz entrava por todas as oportunidades, era o próprio mundo que entrava na casa e explodia no seu interior. Já tinha passado por múltiplos temperamentos: luminosidade eufórica, a serenar aos poucos e, por fim, a considerar-se madura, luminosidade a jurar que conseguia tomar conta de si própria. O meio da manhã era esse equilíbrio frágil, esse limbo. Em breve, quando começasse a notar-se o declínio, quando a aura da tarde chegasse ao peito, depois aos olhos, depois à pele, seria fora de horas, teria terminado o meio da manhã. Mas faltava ainda muito para esse tempo, era inimaginável, aquele terreno pertencia claramente ao meio da manhã. Por isso, ele sabia que a filha estava quase a chegar, ela nunca se atrasava.

Alice, sentada, via o marido escolher os talheres usados e acertá-los nos pratos, um a um; via-o sacudir migalhas para a cova que fazia na palma da mão. Era aquele um dia otimista. Todos os sábados contêm uma especial promessa, quase todos, mas aquele excedia essa graça habitual. As vozes da televisão, com o contraste arbitrário das suas cores, faziam-se ouvir. Embora ninguém prestasse atenção ao que diziam, eram uma peça que contribuía para o ambiente da sala. O senhor Rui arrumava as chávenas ao lado umas das outras, conferia-lhes compostura e, no interior da sua cabeça, cruzavam-se vozes da televisão, algum comentário da mulher, a ideia de que ela deveria estar quase a chegar, lembranças avulsas. Lembrou-se do Felipe González, mais uma vez, e deixou-o dissolver-se no pensamento. Lembrou-se do helicóptero em Timor, as hélices, barulho constante, sem tréguas, as hélices a vergastarem o ar até conseguirem dar movimento àquele mostrengo de metal, sentinela da ilha lá embaixo, montanhas e mar, o helicóptero a vibrar de alvoroço.

E chegou a filha. O pai, que a esperava, que antecipava aquela chegada desde o fim do pequeno-almoço, surpreendeu-se com a realidade da sua presença, passagem súbita entre não estar e estar, entre imagem pressentida e absoluta solidez, todas as dimensões de uma pessoa. No contexto daquela manhã já tão luminosa, alegrou-se com a chegada da filha, iluminou-se ainda mais, ganhou claridade por dentro, ascendeu em leveza. Mas respeitou a sobriedade, Helena, o nome da filha a preenchê-lo, a minha Helena, mulher que se aproximava da sua mulher, mãe, Helena e Alice, esses dois nomes juntos, essas duas mulheres a ameigarem-se num cumprimento, o tempo passou pelas duas, passa por todos, a filha crescida, a mãe envelhecida, a filha que segue a mãe, o sentido do mundo.

O pai esperou. Quando chegou a sua vez, já era de novo o pai formal, menos cerimonioso do que os pais de outros tempos, muito mais moderno do que essas imagens do passado, décadas antigas, mas a ser o pai, cumprimento civilizado. E foi assim que chegou a filha, a pousar a mala, a despir o casaco, a dar palavras à mãe, conversa de manhã de sábado, meio da manhã. O pai deixou-se estar a vê-las, desfrutou desse encanto com plena consciência do seu valor: sem preço, aquele era um dos casos em que não havia preço. O tudo não pode ser vendido por qualquer oferta, até a mais exorbitante. Se vendermos o tudo, não há quantia que nos sirva, não teremos uso para lhe dar.

Estava já calçado, janota, segurava o casaco dobrado no interior do braço, havia de vesti-lo em seguida. O telefonema ao motorista tinha sido feito. Sem querer interromper, aproximou-se do diálogo das mulheres. Ao sentirem-no, permitiram que falasse. Pouco disse, apenas o esperado, despediu-se das duas, não foi preciso mais. Elas entendiam o cuidado que punha na maneira de se lhes dirigir. Quando já estavam entretidas de novo, escolheu certa distância e voltou a fixar aquela imagem, a mulher e a filha: a mulher, empolgada com os planos, rejuvenescida, mas com as suas limitações; e a filha, branda, mas tocada pelo entusiasmo da mãe, iluminada. Antes de sair, ao olhá-las, o senhor Rui perguntou muitas vezes a si próprio se ficavam bem. Essa era uma maneira de alargar aquele instante, ele sabia que ficavam bem.

Ilusão. Há alguma coisa em mim que parece começar à medida que a máquina ganha vida. O motor é um gemido em crescendo, um choro, cada vez mais alto e complexo, guincho a contorcer-se, a expandir-se e, aos poucos, a tocar tudo à nossa volta, a separar-nos do mundo. Por cima de nós, as hélices vão ganhando velocidade, libertam-se da inércia que, afinal, as aprisionava. À distância, por cima do ombro do piloto, através do vidro grosso da cabina, distingo os olhares dos timorenses lá fora, vejo aumentar o seu assombro. Em crescendo, tudo se dirige a um ponto insustentável. As hélices desapareceram, giram tão depressa que ficaram invisíveis, são um filtro baço a distorcer a nitidez do céu. Ao gemido agudo da máquina, juntou-se o rumor das hélices, grave, como um pau a açoitar esta hora da tarde. O piloto parece tenso, ajeita os auscultadores na cabeça e, logo a seguir, quando as hélices e o motor parecem à beira de tudo ou nada, puxa o manípulo e, num instante sobrenatural, o helicóptero levanta as patinhas do chão, inseto, agita o corpo na subida. Talvez meio aflitos, a nossa reação é acenar com vigor, dizer adeus aos que ficam: entre mato verdejante, amassados pela ventania, tanto os corpos, cabelos no ar, camisas a quererem rasgar-se do tronco, como as próprias folhas das plantas, copas de árvores sopradas pelo helicóptero. Todos nos dizem adeus também. Suspeitam que nunca mais nos voltam a ver, regressamos para o lugar onde estivemos a vida inteira antes deste dia.

Ao meu lado, o João Carrascalão puxa-me pelo braço, quer apontar-me alguma coisa na paisagem. Inclino-me para o seu lado, espreito pela sua janela, mas não sei a que se refere. É impossível ouvi-lo, o motor exige demasiado ruído para nos levar. Atingimos já bastante altitude, há detalhes que perderam a definição. Aos olhos dos que deixámos lá embaixo, desaparecemos no céu. Imagino-os a voltarem agora à sua vida, a admiração das crianças timorenses, a ingenuidade das mulheres timorenses, os homens timorenses com quem falámos, produtores de mãos calejadas, gente que sabe escutar o mato.

Já não sei como os idealizava quando ainda estava em Portugal. Se calhar, construía-lhes os rostos à semelhança dos timorenses que conheci em Lisboa. Humidade no ar, camisas com bastante uso, barba selvagem, estes timorenses mostraram logo nos vincos da cara que são de trabalho. Ora vamos lá ver o café. Não sei como terá o João Carrascalão traduzido estas palavras simples. Certo é que, depois de algumas vozes de comando, saíram dois ou três rapazes porta fora. Aproveitámos a pausa, conversei com o João Carrascalão, o único que fala português, descontando os próprios portugueses, acompanhantes, autoridades, jornalistas, e o meu genro Joaquim Manuel. O salão paroquial da igreja de Nossa Senhora de Fátima fazia eco, não com as vozes dos timorenses, calados, a olharem-nos em submissa curiosidade, desconfiança, quase medo. Assim que lhes sorri com os olhos, sorriram de volta. E entraram dois rapazes carregados com uma saca, pesava bem. Mal a abriram à minha frente, vi logo que o café estava por descascar. Fui para perder o ânimo, mas vim de tão longe que dei um acréscimo de confiança. Por isso, esgravatei a casca de duas bagas, risquei-as com a unha, cheirei-as. Tinham o aroma comum da baga do café, aceitei esse alento. Cheios de dúvidas, dois técnicos que trouxe comigo dirigiram-se no sentido da saca. Ainda durante a aproximação, tentei animá-los, sem palavras, só com o jeito. E pedi café limpo. Nova espera, mais prolongada desta vez. Durante esse tempo, a um par de metros de distância, cruzei-me com o olhar do meu genro Joaquim Manuel. Não precisámos de palavras, entendemo-nos na subtileza. Acredito que, no meu rosto, havia um sorriso a refletir o dele. Nessa generosidade, distingui uma sintonia: a vontade de contribuir, mesmo com quase tudo por fazer, ténue esperança. Nesse instante, compenetrado nas coisas do café, na humidade tropical, em ideias, não percebi que, anos depois, haveria de recordá-lo por esse sorriso, o meu genro Joaquim Manuel, tantas vezes sorriu com aquela bondade.

E, de repente, um rapaz: chegou a segurar dois saquinhos de café descascado. Enquanto os técnicos farejavam, à minha maneira, com tradução improvisada do João Carrascalão, tentei explicar àquelas dezenas de homens que, no dia em que negociassem o café limpo, duplicavam logo a conta, ganhavam o dobro. Estas palavras, mesmo depois de passadas para a língua deles, eram recebidas com feição amedrontada, cabeça encolhida na toca. Disse que lhes oferecia um par de máquinas, que lhes arranjava formação na Índia ou no Vietnã, onde há empresas experientes com quem lidamos. Não estou certo de que tenham entendido. Mas um falou de uma ponta, outro falou da outra, o João Carrascalão respondeu-lhes e, logo a seguir, traduziu. Era a questão do preço, estavam apreensivos com esse tema. Falei das cotações dos mercados internacionais mas, no próprio momento em que estava a usar essas palavras, ali, no salão paroquial, as palavras ainda diante de mim, saídas da minha boca, percebi logo que não tinham sentido.

Tanto verde nesta tarde de fevereiro. Lá embaixo, as montanhas. Esta é a natureza pura. O helicóptero avança com o nariz ligeiramente inclinado para terra. Há dificuldades neste negócio, são as dificuldades da evolução de um país, o transporte, as estradas más, também a quantidade de oceanos e continentes entre Timor e Portugal, a casca que triplica o peso da matéria, há a certificação, tudo é novo sob esta bandeira. Mas olho para a distância, no interior do ruído que faz este helicóptero a manter-nos no céu, verdadeiramente a voar, olho para a distância e sei que muito maior do que as dificuldades é a ilusão.

4.

Rebentou o mundo e, agora, há um silêncio pleno, meticuloso, como se o fundamental tivesse acabado de nascer: a luz, o som. Rebentou o mundo e, agora, a cor das superfícies é mais limpa, pura, surpreendo-me com detalhes ínfimos. O ar é fresco nos pulmões, tem um aroma insigne, quase aristocrata, mistura de estofos novos, óleo de motor, fumo de cigarros. À nossa volta, no exterior do automóvel, há uma nuvem densa de pó, filtra esta hora, ameniza. Aos poucos, regressam os pequenos gestos e, com eles, os pequenos sons. No banco de trás, a minha tia faz ranger a napa, borracha nova, e exala gemidos, chegam-lhe da alma. Não olho para trás, mas sinto o cheiro da laca a adoçar o oxigénio. O motorista, ao meu lado, destranca os ombros, respira pelo nariz, engole saliva ou engole a constatação deste instante. Com dificuldade, roda a manivela do vidro da porta, que desce dramaticamente. Por essa janela, entra o cheiro da terra, o pó que assenta devagar, grãos de terra revolvidos por tudo o que aconteceu assentam devagar sobre a chapa do automóvel. Sentimos a presença uns dos outros, estamos vivos.

Tiro o cinto de segurança, as minhas mãos aceitam funções minuciosas, abro a porta. Mal pouso o pé direito na terra, sinto essa garantia e levanto-me. Não consigo endireitar o corpo completamente. Sou um náufrago a ver o mundo pela primeira vez ou, pelo menos, a vê-lo de uma maneira inédita. O motorista raspa os sapatos no chão, ouço-o dirigir-se ao outro carro. Abro a porta da minha tia, tem as pálpebras pousadas sobre os olhos, está muito queixosa. Pobre senhora, fico a olhar para ela, assento-lhe a mão no ombro e, porque não sei o que dizer, pergunto: está bem? Felizmente, não responde; pergunta sem sentido. Abre os olhos e começa a fazer menção de se querer levantar, velha valente. Ajudo-a a pôr-se de pé, segura a cabeça com as duas mãos, dá um par de passos, desgrenhada, com o colar desacertado do pescoço. Seguro-lhe o cotovelo e levo-a de volta ao banco do automóvel. Entra uma perna e, depois, a custo, com muitos lamentos, entra a outra. Fica sentada, de porta aberta.

Só nesse momento chegam as dores do meu corpo. Não tenho ossos partidos, não encontro essa dor destemperada, mas tenho peças fora do lugar, dor muda, sem palavras. São os próprios ossos que parecem separados uns dos outros pelas articulações, como se ocupassem lugares novos no interior da carne, e são os órgãos também deslocados, o estômago alguns centímetros fora de posição, os intestinos embaraçados, o coração torto. É estranho caminhar, dar movimento a este corpo. As dores conferem-lhe uma forma que não reconheço.

Os meus filhos estão agora na escola. A minha mulher está em casa com a mãe, a minha sogra. Essa ideia doméstica é tão oposta a estar aqui, na berma desta estrada, cruzamento de Pegões, dia cinzento e cru, as vozes dos motoristas a brigarem, este cheiro a metal, as camionetas a abrandarem na estrada para olharem. Que horas são? Quantos anos têm os meus filhos? Crianças ainda, quero ir ter com eles. Esquecer este instante. Quero contar o que aconteceu à minha mulher e, assim, libertar-me de cada detalhe. Agora, repito de encontro a mim próprio, quero continuar a minha vida. As dores hão de desvanecer, a carne tem dons de renovação. A esta hora, no seu misterioso silêncio, os ossos e os músculos estão já a procurar maneira de resolver o problema. A dor é essa solução, é o ânimo em funcionamento. Que horas são? Os meus filhos estão agora na escola, devem estar, quase de certeza. O João Manuel e a Helena, pequenina, o acidente amacia-me o coração, a lembrança dos seus rostos derrete-me, as suas vozes a chamarem-me pai. Como puder, quanto antes, vou voltar para casa.

Os motoristas continuam a sua briga, desentendimento só de palavras, não há porrada. Agradecidos por estarem intactos, não iriam arriscar essa conquista com escaramuças. Que agradeçam também esta briga, não existiria no pior cenário. Se tivesse acontecido o que chegámos a temer, não alimentariam agora desavenças desta qualidade. Vir no carro de praça do meu cunhado foi fraca ideia, pior ainda com este motorista. Eu teria outra mão, outro cuidado. Os carros estão maltratados, desfizeram-se algumas formas, metal amachucado, grosso. Não sei que arranjo poderão ter estas viaturas. Duvido que algum bate-chapas consiga resolver estragos assim. Mais valia que terminassem com o tom de briga, esta troca ridícula de acusações. Se o pensamento que tivemos durante o estrondo tivesse sucedido, não estavam nesta imaturidade. Não se discute com quem provocou mortes, como não se discute com mortos.

Que horas são? Tenho de encontrar maneira de chegar a um telefone, de arranjar um novo carro de praça que me leve para Campo Maior, para casa. Os motoristas, cansativos, continuam no seu enfrentamento. Como este céu indeciso, esta manhã, chove ou não chove? Pouco me importa quem tem culpa. Com certeza, o nosso motorista está convencido de que darei uma boa palavra ao meu cunhado, que o safarei deste problema. Por isso se empenha tanto nesta disputa. Qual o lucro da culpa? Com dois automóveis estourados e o corpo moído, que vantagem se recebe de ter razão?

Preciso de ir para casa. Que horas são? A minha tia, senhora que não merecia isto, irmã da minha mãe, continua a lamentar-se, respira entre queixas, de olhos fechados, agonizante. Estava há pouco a sorrir, comentava qualquer assunto enquanto olhava pela janela. Íamos no interior de mais uma manhã de segunda-feira. Tudo parecia banal, a cor do tempo correspondia a esta estação, já entrados no outono, pouco faltava para chegarmos a Lisboa. Cada um de nós alimentava planos diante de si, certezas que já éramos capazes de ver. O motorista dizia qualquer coisa óbvia, eu anuía com o queixo e, no banco de trás, a minha tia completava a ideia, acrescentava alguma expressão comum. Sentia-se a satisfação na sua voz, embora estivesse a caminho do hospital. Não esperava um dia fácil, mas esperava um dia produtivo. O motor do carro, alguns solavancos normais, acelerações e desacelerações, e nós apenas estávamos, existíamos. Lá fora, pássaros e árvores, vilas às vezes, e aldeias, tabuletas, pessoas a tratarem dos seus assuntos, conseguíamos imaginar-lhes o quotidiano só de olhar para elas, como será viver naquela casa? A paisagem ia mudando aos poucos: Campo Maior e, logo a seguir, todos os caminhos, múltiplas gradações de Alentejo até Lisboa. Em certas ocasiões, ora pela monotonia, ora pelo aconchego do ar morno, quase dormitava, distorcia pensamentos, misturava ideias com fantasias. Mas voltava sempre à vigília, voltava sempre à segunda-feira, a estarmos ali. De repente, foi muito de repente, o grande estrondo, os carros a chocarem, os pensamentos terríveis, a sairmos da estrada, a deixarmos de distinguir o que acontecia lá fora, o mundo a rebentar, rebentou o mundo e, logo a seguir, o silêncio.

* * *

A água morna sobre a cabeça abriu uma nova realidade. Nesse gesto, sentiu que o próprio mundo perdia as arestas da temperatura e da solidez, foi como se tudo o que lhe era externo se tornasse líquido. Teve a impressão de que, se abrisse os olhos, estaria rodeado por formas incertas, um mundo líquido. Mas não abriu os olhos, esperou pelo champô. Os dedos que lhe espalhavam o champô pela nuca, pela parte de trás da cabeça, onde ainda tinha cabelo, não pareciam dedos, pareciam uma espécie de máquina, embora mantivessem a delicadeza do calor e da textura de um ser humano. Quando lhe passavam pelo topo da cabeça, menos cabelo, essa massagem era ainda mais sensível. Deitado para trás, com o pescoço dobrado na nuca sobre aquela bacia de loiça, o senhor Rui estava entregue ao que pudesse acontecer.

Esse descanso revigorava-o. Abstinha-se de contabilizar horas e minutos, podia esquecer o antes e o depois, ficar quieto, aceitar que trabalhassem à sua volta. No momento em que lhe prendiam o pano à volta do pescoço e lhe avaliavam o ponto de crescimento do cabelo, respirava fundo. Não precisava responder sobre o tipo de corte que desejava. Aquele rapaz já o conhecia havia alguns anos e, por vários motivos, o seu cabelo não permitia invenções. Durante a lavagem, pousava as pálpebras sobre os olhos e aproveitava. O perfume do champô atravessava aromas de outros detergentes, que também flutuavam naquele ar, atravessava música vinda de vários cantos, fontes disfarçadas, atravessava as vozes dos outros barbeiros, a falarem em espanhol uns com os outros ou com clientes. Tudo isso atravessava aquela luz. E também o senhor Rui, quando era encaminhado de volta à cadeira, toalha à volta da cabeça húmida, atravessava aquela luz com o corpo.

Sentado, de cabelo desarrumado, algumas pontas em cima

das orelhas, ouvia o rapaz a falar-lhe de problemas do mundo e, logo a seguir, de problemas da *peluquería*, como se falassem de empresário para empresário. O senhor Rui interessava-se moderadamente, acompanhava o assunto e, às vezes, dava-lhe resposta no seu próprio castelhano. No fundo do fundo, a gestão daquele salão de cabeleireiro no El Corte Inglés de Badajoz levantava dilemas que podiam ser comparados com as decisões cotidianas da Delta, incluindo todas as suas áreas e departamentos. Ainda assim, logo no anel seguinte a esse âmago havia grandes discrepâncias.

Enquanto estava sentado, fixava-se no espelho. Recebia tesouradas cheias de critério, desfrutava da lâmina de barbear a raspar-lhe o recorte à volta das orelhas e fixava os seus próprios olhos no espelho. Ao longo dos anos, passou por vários cabeleireiros, escolhendo sempre o que mais lhe agradava, até chegar àquele salão no El Corte Inglés. Ali, tinha uma justa medida de vida, o agradável movimento das lojas, também de asseio e bom nível. Embalado pela conversa do barbeiro, vocabulário nasalado, *extremeño*, também embalado pelos cuidados que recebia, como se estivesse a ser esculpido, conseguiu reconhecer o seu rosto em muitos espelhos como aquele: ainda novo, em Campo Maior, com muito mais cabelo, sem bigode até e, depois, com diferentes capas de barbeiro, só a sua cabeça, separada do corpo, isolada, a envelhecer.

Que rosto tem uma pessoa? No fim da vida, entre todos os rostos que teve, qual é o rosto que realmente a representa? Será que o último rosto, por ter sobrevivido a todos os outros, é o mais válido? Não lhe custava encontrar argumentos contra essa ideia.

Os seus olhos no espelho. O senhor Rui teve uma perceção clara: desejou que o pudessem conhecer, que o vissem a partir de si próprio, homem, escolhas e razões, a ser ele como as outras pessoas eram elas. Os seus olhos no espelho pareciam conter essa verdade muda, gritada em silêncio, mas só ele a conseguia identificar. Estava talvez condenado a conter toda aquela história, momentos que aconteceram mesmo, com a força com que tudo acontece, momentos que foram *este* momento, que recordava com verdade, com peso e sabor, mas que perdiam um pouco mais de real em cada dia até que todos deixassem de conseguir imaginá-los, até se tornarem inimagináveis. A morte é isso. Pareceu-lhe então que morrer de velho é morrer de cansaço, última exaustão absoluta.

El gran día, disse o barbeiro, interrompendo pensamentos. Julgando que não o tinha escutado, insistiu: *mañana*. O senhor Rui começou por se surpreender que as notícias tivessem chegado ao barbeiro espanhol, mas logo a seguir constatou que tudo se sabe, e não lhe respondeu, ignorou a conversa sem precisar de dizer uma palavra. O barbeiro entendeu e, sem jeito, improvisou qualquer outra coisa para dizer, tanto fazia. Não lhe bastavam as qualificações de tesoura, o ofício também lhe exigia o domínio da prosa.

Com o embalo dessa ladainha, debaixo de subtis acabamentos, madeixas no chão como folhas à volta de uma árvore no outono, o senhor Rui fechou os olhos, desligou o espelho. E, logo então, surgiram imagens avulsas que pairavam no seu interior. Lembrou-se dos produtores timorenses de café.

Desilusão. Um rapaz diz-me que há notícias de Timor e, pela cara, percebo que não são boas. Estamos no corredor da sede, vou a caminho do meu gabinete, existem alguns ruídos sobre o silêncio, gente que cumpre as suas funções. No início do olhar do rapaz, antes mesmo de ser um olhar, quando ainda não estava formado, distingui alguma coisa. Com as palavras pronunciadas, esse abstrato ganhou físico: uma preocupação de linhas vagas tinha acontecido exatamente em Timor.

De uma vez, cai-me Timor à frente. São cenas breves, paradas: os rostos dos produtores de café a olharem para mim com espanto, o verde viçoso da natureza, o cheiro da terra fértil, interior da terra, as chapas de zinco nos telhados, algumas enferrujadas, quadrados de várias cores sobre as casas, as dentaduras das crianças, sorrisos à farta, cabelos embaraçados, camisolas muito acima do seu tamanho, quase a chegarem-lhes aos joelhos, e o sol rigoroso, horas de sol a queimar, e o crepúsculo, céu de todas as cores, vermelho ou rosa, laranja ou amarelo, lusco-fusco a abrir a noite, noite enorme. Porque carrego tanta memória pronta a inundar-me? Qualquer ameaça rebenta as barragens do que sei, e regressam os lugares onde estive com a impressão completa de ainda estar lá.

Aproveito o ar compenetrado para pedir alguns minutos. Sim, há notícias de Timor, mas agora possuo outras urgências. Sem que tenha de o afirmar explicitamente, é esta a impressão que deixo à minha passagem. Entro no meu gabinete e, diante da mesa, de pé, folheio alguns papéis sem que realmente os veja. Não me confundo a mim próprio com a desculpa que imaginei. Sei que não tenho assuntos urgentes, mas preciso deste tempo para me compor. Havendo escolha, recuso receber notícias num tempo que não me pertença.

Inspiro, expiro, respirar é uma atividade com muito valor. Quando percebo que estou pronto, aguardo mais um momento, alguns segundos novos. Então, como se estivesse a ser observado por mim próprio, muito convincente, arrumo os papéis num montinho e volto ao corredor. Dirijo-me à posição do rapaz que me interpelou. Ao aproximar-me, recordo a sua família, os seus avós, recordo também a primeira vez que o vi, ainda mais gaiato do que agora. Pareceu-me logo que era competente e, dessa vez, não me enganei. O rapaz levanta-se ao ver-me caminhar na sua direção.

Há notícias de Timor? O rapaz reorganiza o discurso que trazia preparado há pouco, abre muito os olhos e fala de confusão, confusões, usa o plural porque não consegue explicar bem todos os contornos do caso, falta sentido a alguns relatos que recebeu. As minhas lembranças distorcem-se ao ouvi-lo. E acrescenta rumores, a ocupação dos nossos armazéns, saques. Peço-lhe que pare, entendi já. A esta distância, oceanos, fusos horários, só podemos esperar. Ainda assim, peço-lhe que não faça fé nos detalhes por confirmar, essas hipóteses só aumentam a desilusão.

5.

O brilho da novidade em tudo, até no chão. Engraxados, de lustre puxado, os meus sapatos avançam por essa maré luminosa, claridade branca sobre os encarnados, os amarelos e os azuis das prateleiras, sobre os letreiros a anunciarem promoções: *oferta*, escolhem esta palavra mas não oferecem realmente nada. Quando os espanhóis dizem *oferta* não usam com o mesmo sentido dos portugueses.

Há uma comitiva a acompanhar-me, a indicar-me o caminho entre corredores, entre torres de pacotes de farinha. O hipermercado está pronto para receber gente, o mundo está todo lá fora. Às vezes, passamos por funcionários isolados, uniformes acabados de estrear, arrumam uma última coleção de latas no lugar devido. Os homens que me acompanham não param de falar, levam a língua ao ritmo dos passos. Essas palavras misturam-se com os testes do sistema de som nos altifalantes. Tocam quatro notas de um sino eletrónico e, logo depois, a voz colocada, embora sem dirigir-se ainda aos clientes, apenas testes: *uno, dos, tres*.

Passo pela secção da *carniceria*, está tudo pronto, à espera.

Um homem sorri-nos, vestido de branco, avental ainda branco, cabeça sobre a vitrina brilhante. Abrando para apreciar. O cicerone que me acompanha inicia logo um discurso sobre esse tema, a carne, o porco, animal notável na *Extremadura* e, a fazer-me essa gentileza, no Alentejo também. Analiso a cor das fêveras e penso na minha mãe. Como reagiria ela se visse um talho destes? Lembro a antiga salsicharia, a seriedade com que a minha mãe tratava a carne, o desmanche dos animais, a escolha de cada peça, o valor que tinha cada corte, carne estendida no prato coberto com um pano, ou carne sobre folhas de couve. A minha mãe a tratar dos assuntos da salsicharia. Parece-me agora que, fechada no seu passado, a minha mãe está para sempre no interior de uma ilusão suspensa, uma terna ingenuidade. O mundo é outro, deixou de permitir a existência da minha mãe e da sua salsicharia.

Continuamos o nosso caminho. A nostalgia que nasceu da lembrança da minha mãe, olhos na memória, apenas começa a evaporar quando chegamos aos produtos da Delta. Era isto que me queriam mostrar, caminhámos bastante para chegar aqui, é um enorme hipermercado, dou um tom de elogio a estas palavras e é assim que são entendidas, felizmente. Os produtos estão bem expostos, brilham como tudo o resto. Para mim, brilham um pouco mais.

Penteado, engomado, o gerente recebe a indicação de que chegaram as autoridades do *ayuntamiento*. Regressamos por um caminho mais diagonal, os rostos da comitiva que me acompanhou, liderada pelo gerente, fingem descontração, mas aumentam o ritmo da passada sempre que podem, quando acham que estou distraído. E aproximamo-nos da pequena multidão, reunida para a inauguração do hipermercado: clientes já de carrinho de compras, gente apressada, encantada com as promessas de algumas pesetas de desconto, mas também outros representantes de marcas, como eu. Ou melhor, nenhum como eu, apenas caixeiros-viajantes, substitutos daqueles que não puderam vir, que não tiveram tempo para fazer os quilómetros entre os seus escritórios e este canto da *Extremadura*, quase colado com o fim do mundo.

Ao chegarmos à animação, começo a cumprimentar quem me aparece à frente. É mesmo ele?, ouço alguém perguntar em castelhano de Badajoz, ou talvez de Mérida já. As pessoas conhecem-me num e noutro lado da fronteira. Estamos em 1993 e, talvez por isso, não há hábito de se contar com presenças como a minha em inaugurações deste tipo. Os meus parceiros acham que não merece a pena deslocarem-se, falta-lhes gosto, não reconhecem a importância deste momento, talvez não se tenham apercebido de que são estas pessoas que lidam com os seus produtos, é a partir destas mãos que os seus produtos chegam às mãos de quem os compra e consome.

Entre os engravatados do *ayuntamiento*, no centro desse grupo, o meu amigo espanhol mantém o seu bigode inconfundível. Liberta-se para me cumprimentar. Foi ele que fez questão de convidar-me e, claro, não podia desiludi-lo como ele nunca me desiludiu a mim. Será ele que vai cortar a fita, acredito. Será o seu gesto que vai libertar balões e dar início à corrida de carros de supermercado e, logo a seguir, as caixas registadoras a apitarem, vorazes, a assinalarem o preço de inúmeras *ofertas* em dia de inauguração, X pesetas e 99 cêntimos. Mas isso será daqui a pouco, agora cumprimentamo-nos e olhamo-nos, em 1993, como em tantas vezes quando éramos mais novos.

A paisagem acabou de nascer à minha frente. Sou a única testemunha deste instante. As formas e as cores assentam límpidas sobre os campos, são estreadas pelos meus olhos. Encho os pulmões deste oxigénio, também novo, fresco, mas sem a ofensa do gelo, já sem a madrugada. Os pássaros desenredaram-se dos ramos das azinheiras em que passaram a noite, exploram agora todas as possibilidades da lonjura, não sabem para onde ir, querem estar em todos os lados ao mesmo tempo. Os insetos têm sustento na terra e nos pastos secos, invadem o castanho. Esse povo invisível habita toda esta extensão. Do alto deste cabeço, alcanço hectares desmedidos de Espanha e de céu.

Estou de pé diante do universo. Nas minhas costas, não sei se chegará a uma dúzia de metros, estão os cinco homens que me seguiram durante toda a noite. Sentados, descansam a carga e a sombra. Há momentos em que os ouço falar, vozes mal articuladas, comparáveis a resmungos, desconhecem este dia. Receiam fantasmas de *carabineros* entre o que se distingue, estevas e rochas, copas de árvores, terra ou céu; receiam *carabineros* à coca, escondidos, dispostos a aniquilar as suas esperanças, quaisquer que sejam essas esperanças. Em algum lugar da terra vasta e inesgotável, até em algum lugar do céu, *carabineros* indispostos e ruins.

Essa é uma inquietação justificada, mas o meu tio Joaquim ensinou-me a fazer-lhe frente, a não permitir que preencha a manhã. Livre dessa cisma, valorizo a brisa, por exemplo, que me passa pelo rosto com o mesmo gesto com que passa pelo tronco rugoso de oliveiras, usando o milagre com que faz tremer as folhas dessas mesmas oliveiras, verdes de um lado, prateadas do outro. O meu tio Joaquim ensinou-me os caminhos e, também, esta maneira de estar aqui.

Com a ponta do sapato, escolho uma pedra. Baixo-me para agarrá-la. Foi o tempo que lhe deu esta forma. Fecho a pedra na palma da mão. Passámos a noite inteira a imaginar estes campos, trouxemos carga e ideias de um lado para outro lado. Mais do que atravessarmos a fronteira, atravessámos a noite. Abro a mão, duvido da nacionalidade da pedra. Lanço-a na distância, entra no mundo dos pássaros, mas tem muito menos opções, apenas pode seguir um sentido. Existe o tempo que a pedra demora a cumprir o seu caminho. Como seria ridículo estabelecer uma fronteira entre aqui e o lugar onde caiu a pedra. Esta manhã, nítida, ridiculariza todas as linhas invisíveis.

Aproxima-se um vulto, mais perto, mais perto, as botas resvalam na terra. Sem precisar de virar-me para vê-los, sinto a inquietação dos homens. Sacudo o pó da palma da mão, restos da memória da pedra. O vulto está à minha frente, sorri com gentileza, temos a mesma idade e estamos no mesmo lugar. O meu amigo espanhol está aqui, chegou, traz o sorriso debaixo do seu bigode inconfundível. Apertamos as mãos. Os homens descontraem os maxilares, percebem que era dele que estávamos à espera.

A minha mãe estende as duas mãos para receber o chocolate. É com um gesto igual que lhe entrego, somos simétricos. O momento que a pequena barra deixa os meus dedos, a lembrança do peso, gramas, traz o alívio dessa responsabilidade, já não sou o guardião do tesouro. Com a mesma geometria, a seriedade no rosto da minha mãe é igual à seriedade do meu rosto, foi com ela que aprendi essas comoções. Debaixo do candeeiro de petróleo, a minha mãe examina o invólucro da tablete de chocolate conforme eu o analisei assim que me vi sozinho com o presente. Segurei-o com a ponta dos dedos para evitar risco de derretimento ou nódoa. A minha mãe usa o mesmo cuidado. Não reconhece as letras espanholas, desenhadas por artes industriais, prensadas no invólucro. Antes, na rua, li essas palavras em busca de alguma pista. A minha mãe retira toda a informação das imagens, do peso do chocolate, do toque cartonado da embalagem, não precisa de ler.

Tenho catorze ou quinze anos, sou um homem, toda a gente sabe disso. Contudo, quando faço estes mandados, a minha mãe a pedir-me delicadamente, sinto-me a criança que andava na escola, que tinha de ajudar. Ainda tenho de ajudar, terei sempre, temos todos, mas agora ajudo com trabalho de homem. E, no entanto, quando a minha mãe, em folgas como a de hoje, me solicita mandados de criança, volto a ser esse rapaz. Parecia desaparecido na memória, soterrado pelo tempo, mas regressa de repente, em detalhes precisos como o caminho até a casa do meu tio, eu a levar uma alcofa e, no interior, um prato tapado com um guardanapo de pano e, por debaixo do guardanapo, uma escolha de carne do porco que morreu ontem no bico do facalhão, pedaços selecionados pela minha mãe. Tenho catorze ou quinze anos mas, nos passeios deste caminho, nestas horas de Campo Maior, fim de tarde de sábado, sinto que tenho sete anos, mais ou menos, reconheço pensamentos dessa idade na cabeça, são como lembranças, mas existem no presente e, assim, também fazem parte dele. Tenho catorze ou quinze anos, tento não perder a consciência do corpo espigado, mas levo a alcofa no fundo do braço, como noutros tempos, a mesma alcofa; por isso, quando passo por alguém, boa tarde, respondo com voz aguda de criança. Ou talvez seja apenas eu que a ouço assim.

    A timidez queima-me as faces. Não sei o que me faz tão esquivo à chegada. Embora ela insista, trato-a muito mais por *usted* do que por tia. Sozinhos na entrada de casa, em dias como hoje, só a tratei por *usted*. Bati à porta e, depois dos sons habituais, os passos lá dentro, a fechadura, quando nos deparámos um com o outro demonstrou a agradável surpresa de sempre, simpatia espanhola. Ao receber o presente da minha mãe, apesar de acostumada, redobrou-se em extravasamentos, que não era preciso, não era preciso. Usou outras palavras para dizer que não era preciso, usou uma mistura de idiomas, aquela rara amálgama que inclui algumas palavras portuguesas, alguns sons portugueses, tentativa de aportuguesar, como se fosse possível, como se houvesse alguma possibilidade de tirar o castelhano daquelas vogais. *Mi niño*, disse ela quando desapareceu no corredor com o prato e me pediu para entrar. Eu já tinha entrado, estava um passo no interior da casa e, por isso, não senti desobediência ou dever de resposta. Mas ela continuou a insistir, a sua voz chegava da cozinha, atravessava paredes, era acompanhada pelo estampido de portas dos armários a abrirem e a fecharem.

Regressou com o prato vazio, passado por água. Devolveu-me acompanhado por um sorriso, talvez sempre o mesmo sorriso, talvez um único sorriso desde que nos vimos até que nos deixámos de ver ou, com grande probabilidade, talvez um longo sorriso, único, desde o início do dia, desde a primeira luz nos olhos, até o último fim do dia, o sono. Às vezes, em casa, a minha mãe ou o meu pai deixavam cair uma ou outra dúvida acerca da tia espanhola, mas não tinham razões verdadeiras. Não se conhecia mulher mais bem-disposta, apesar da passagem dos anos, apesar dos males da Espanha, apesar da vida, que nunca é fácil. Só esse ânimo já seria cativante quanto baste para um homem como o meu tio Joaquim, ele próprio sempre pronto a contribuir para a boa disposição geral.

Baixei-me para acomodar o prato no fundo da alcofa e, quando me endireitei, estava parada a fixar-me, olhos nos olhos, sorriso. Tímido, eu não soube como reagir a esse segundo. Após um instante, por fim, ela começou a articular-se, sorriu ainda mais, irresistível intensidade, e levou uma mão ao bolso do avental. Essa mão parecia um bicho autónomo, não pertencia ao resto do corpo. E tirou o chocolate, exibiu-o no espaço entre nós. Fui para recusar, mas não me foi conferida essa possibilidade. Conformado, restou-me agradecer profundamente, *gracias, muchas gracias a usted*.

Saí o mais depressa que pude e, num recanto do caminho, na luz possível, penumbra, segurei a tablete com a ponta dos dedos e analisei-lhe o invólucro. Um chocolate espanhol, de categoria, diferente dos peixinhos embrulhados em pratas, mínimos, e dos cigarros, também embrulhados em pratas, tão finos. Uma barra já altinha de chocolate, grande presente, espanhol como a minha tia e, no entanto, apesar da origem comum, tanto a minha mãe como eu sabíamos que, quase de certeza, tinha sido o meu tio Joaquim a providenciar aquele bem, ou porque o foi lá buscar pessoalmente ou, mais plausível, porque alguém ao seu serviço o trouxe no bolso interior do casaco. O meu tio tem especialidade em levar e trazer artigos de Espanha, é um *experto* do assunto. Neste ponto da conversa, alguém faria sempre a piada de comparar a minha tia espanhola com outras mercadorias. Esse seria um comentário de respeito se fosse feito à frente dele, ou sem essa preocupação se fosse feito nas suas costas.

O chocolate era destinado a mim. Não foram precisas palavras diretas a expressar essa intenção, *mi niño*, entendeu-se pela maneira como me entregou, o tal sorriso sem início e sem fim. Também sem palavras, a minha mãe guarda-o e, sem dúvidas, percebo que não voltarei a vê-lo. Será destinado à minha irmã Clarisse. Quando a minha irmã mais nova vier cá a casa, ou para ficar durante a noite, ou apenas de passagem, a minha mãe há de querer apaparicá-la e irá dar-lhe um quadradinho de chocolate. Fará uma grande cerimónia no momento de abrir a embalagem, a descolar um canto do papel e, a seguir, irá dar-lhe um quadradinho de cada vez, com a exceção do último quadrado de chocolate, que será partido em dois, cada metade para uma visita.

O motorista conduzia com mais precaução em Badajoz. Mesmo num sábado, havia trânsito de cidade e, apesar das mil vezes em que já tinha passado por aquelas avenidas, mais de mil vezes, tinha deferência suplementar em relação aos sinais espanhóis. Faltava-lhe certeza absoluta, os semáforos não possuíam exatamente as mesmas cores, mais vivas ou mais baças, não davam o mesmo à-vontade para começar logo a acelerar. Além disso, era provável que o código de estrada tivesse outros requintes. Não se sabia ao certo, melhor era estar bem atento aos espelhos retrovisores e conduzir devagar.

No banco do lado, o senhor Rui aproveitava o sossego dessa concentração e as imagens daquela hora em Badajoz, gente a caminhar nos passeios, os corpos a levarem a largueza do fim de semana. Além disso, a pele raspada na nuca, as diferenças no cabelo, cortado e composto, perfumes que traziam ainda mais primavera àquele instante. Com um ranger de garganta, esticando-se contra o cinto de segurança que lhe enlaçava o peito, o senhor Rui ligou o rádio. Demasiado alto nos primeiros segundos. Estava ainda sintonizado na emissora portuguesa de quando saíram de casa. Sem qualquer ruído, nítido, o apresentador dava detalhes de Lisboa, informações de caminhos cortados pelo percurso de uma meia-maratona. O motorista e o senhor Rui, rodeados por Badajoz, escutavam essas notícias inúteis com pronúncia de Lisboa, talvez Restelo, como se avançassem no interior de uma bolha. Esse tempo de Portugal em Espanha não lhes causava qualquer estranheza, estavam muito habituados. Em Campo Maior, quando podia, o motorista gostava de ouvir um programa de debates que passava na Cadena SER. Se calhava a estar sozinho no horário do programa, porque estava à espera do senhor Rui ou porque ia a caminho de algum recado, o motorista sintonizava a Cadena SER, não importando se estava nas ruas de Campo Maior, nas redondezas de Elvas ou, até, podia dar-se a coincidência, em Espanha.

O senhor Rui não tinha interesse na conversa do rádio. Apenas queria algum barulho que abafasse os pensamentos, o risco de ser denunciado. *El gran día*, recordava ainda as palavras do barbeiro, ditas pela música da sua voz: *Don Manuel.* Em Espanha, muitas vezes, chamavam *Don Manuel* ao senhor Rui. As ideias que acrescentava à volta desse comentário do barbeiro sobre o dia seguinte continham algum espanto e, de certa forma, tentavam minimizar essa reação. *Mañana,* insistia o barbeiro no interior da sua cabeça, insistia e insistia, sempre a tratá-lo por *Don Manuel.* No momento em que essas palavras foram efetivamente pronunciadas, em que o barbeiro pretendeu introduzir esse tema, foi mais fácil desacertá-lo, fazer-lhe ver a inconveniência. Ali, estridente nos pensamentos, era mais difícil calá-lo.

Lembrou-se do acidente no cruzamento de Pegões. Aceitou a lembrança, usou-a para mudar de assunto. Quantos anos teriam passado sobre esse maldito acidente?, a tia, coitada, ainda viva e a gastar o seu tempo precioso com uma morrinha de tal ordem, a beira da estrada. Já quase na saída de Badajoz, quase a chegarem à estrada para Portugal. Lembrou-se do acidente no cruzamento de Pegões, a beira da estrada, a vontade de ir para casa, os filhos, a mulher, que idade tinham os filhos então? Lembrou-se da Inglaterra, sentiu um gosto a sangue na boca, a Inglaterra, de onde veio essa lembrança?

El gran día, Don Manuel, ainda a voz do barbeiro a ecoar-lhe na cabeça.

As gerações são como fronteiras, são como linhas, marcam uma estrema que divide. As gerações só se dão verdadeiramente por definidas no fim do último elemento que as compõe. É esse que transporta a derradeira ponta do fio e, por mais que aparente eternidade, chegará o seu momento. As fronteiras não podem escapar à sua natureza profunda: marcam o fim do que nos pertence e o início de tudo o que existe para lá de nós, tudo o que nos ignora. As gerações são como fronteiras. Podemos considerar qualquer geração: acontece aos mais velhos, aos mais novos, acontecerá aos que são agora crianças e aos que são agora adolescentes, apesar da sua inocente arrogância. Chegará o tempo em que desaparecerão um a um. Entre eles, quem serão os primeiros? Quem morrerá antes do tempo? E quem será o último? Quem terá de assistir à morte de todos os outros? Esse aprenderá esta lição pela experiência, a sua vida será a fronteira.

No rádio, o apresentador falava ainda da meia-maratona, milhares de homens e mulheres a correrem na avenida 24 de Julho, em Lisboa. Quando acabaram com a polícia e a alfândega, o chão deixou de estar marcado, mas o senhor Rui e o motorista sabiam a localização precisa dessa linha. Sentiram o momento exato em que o automóvel a atravessou.

6.

O meu tio Joaquim ensinou-me a ir lá e falar com as pessoas. Parece que ainda me lembro dessa conversa, mas sei que não existiu realmente uma conversa, existiram várias, incompletas, existiram pedaços de conversa, fragmentos espalhados, existiram frases que me repetiu bastas vezes. Disse o meu tio que, quando não conhecemos as pessoas, tudo o que julgamos sobre elas é mentira, suposições sem critério, reflexos de alguma coisa, talvez até de algo que nos pertença, que pode corresponder a essas pessoas ou não, um mero acaso. Quando não conhecemos as pessoas, distorcemo-las. O meu tio ensinou-me a ir lá e falar, levar olhos e ouvidos. Quando é assim, o mais certo será que a gente goste dessas pessoas e que, afinal, essas pessoas acabem por gostar da gente.

Está frio neste ano de 1986, parece que não importa o mês, as estações não podem nada contra o fresco que gela o tutano. É comparável a estas paredes, ao cimento que as sustém e que, lá no seu ponto mais interno, mantém uma frieza essencial. Talvez se possa comparar igualmente com o dia lá fora, cinzento, parece-

-me, embora não pretenda levantar-me deste cadeirão e tirar a limpo esse tingimento, essa espécie de inverno. Aqui, sentado, é como se estivesse lá fora, sinto esse incómodo por não ser esta a minha casa, por estar impedido dessa paz.

Todos os dias me chegam notícias de Campo Maior. Às vezes, fico a olhar para indivíduos que fizeram este caminho, vieram ter comigo de propósito, empregados com funções específicas ou bons amigos, companheiros. Ao vê-los, apercebo-me de que, uma hora antes, ou talvez nem isso, estavam em Campo Maior, a terra que é minha e onde não posso ir.

Às vezes, a minha disposição seria passar aqui o dia sentado, sem me mexer, mas o trabalho puxa-me. É o trabalho que traz o futuro e, nesse tempo, regressarei a Campo Maior. Não quero ser ingrato com Badajoz, cidade que sempre me reconheceu e que reconheço, mas o ar tem outra respiração na minha terra. É por isso que fico a olhar para aqueles que recebo no escritório desta casa de Badajoz, onde os meses se acumulam, meses suspensos, meses à espera. São trabalhadores da Delta ou da câmara, são pessoas que conheço há muitos anos e que me conhecem a mim. Acredito que, na minha cara, não distinguem um vinco de quebranto, esforço-me por não o demonstrar. Mesmo assim, todos fazem questão de me transmitir coragem, tanto a coragem que pessoalmente me desejam, como a que recolheram dos que se cruzaram com eles e que me nomearam, sabendo ou não que esses mensageiros vinham ao meu encontro.

Um visitante pode ser o advogado que me deu o aviso para atravessar a fronteira e aqui me instalar provisoriamente, dia desconsolado, não pensei que chegasse, tem a certeza, doutor? Tinha a certeza, pois claro. O despachante estava já detido e não possuíam o mínimo acanhamento de me fazerem o mesmo. Não esqueço essa ofensa, não posso esquecê-la. Sempre as fronteiras, as alfândegas, desculpas para apoucar as pessoas. Quando chega o advogado, não me quero logo encher de esperanças, seguro o rapaz que ainda me habita, outra vez cheio de alma, e deixo o advogado falar, ele que diga o que tem a dizer e, se for preciso, faço-lhe perguntas, tenho de entender tudo.

Regressarei a Campo Maior. Mesmo nos dias piores, nunca duvido de que regressarei a Campo Maior.

O meu tio Joaquim ensinou-me a ir aonde for preciso e falar com as pessoas. Vale a pena falar até com aqueles que não nos dão uma oportunidade, que nos sujeitam à pior injustiça. Custa, mas vale a pena. O mais certo será que a gente goste dessas pessoas e que, afinal, essas pessoas acabem por gostar da gente.

No fundo, aquele era ainda o mesmo sábado. Depois de atravessar a fronteira, vindo do cabeleireiro do El Corte Inglés de Badajoz, o senhor Rui sentia-se ligeiramente renascido. O asseio do serviço de barbeiro e a própria fronteira contribuíam naturalmente para essa impressão mas, no fundo, aquele era ainda o mesmo sábado, o sábado que tinha deixado em Campo Maior um par de horas antes.

Era a véspera do domingo que esperava há já tanto tempo, que antevia na imaginação. Ao longo da vida, a experiência ensinara-o a ter confiança na sua imaginação, era nítida. Ali, sentado no banco da frente do automóvel, naquele instante, paisagem que conhecia tão bem a passar lá fora, recordava situações que já não conseguia saber se chegavam de como as tinha imaginado ou de como as tinha vivido. Na sua história, existiram sempre esses dois momentos: a previsão do futuro e o visionamento do presente. Mas ali, naquele instante, tudo isso era passado.

O cenário depois dos vidros do automóvel, que passava na sequência certa, a velocidade moderada, era um conforto. Na memória do senhor Rui, não existia a garantia dessa linearidade.

Qualquer detalhe poderia disparar uma lembrança de qualquer ponto da sua vida. Assim, seguia habitado por memórias, reflexos que flutuavam. Não conseguia perceber se era da idade, se era da aproximação do dia seguinte, com todo o significado que continha.

Aquele era ainda o mesmo sábado, essa era uma certeza a que regressava. Apesar da intensidade das lembranças, aquele era o tempo que sucedia ao velório do seu amigo mais sincero, pessoa que existia no interior do passado, aí continuava com iniciativa, aí continuava com uma voz que se podia escutar. Aquele era o sábado em que tinha despertado ao lado da mulher, Alice, o seu nome a encher o momento em que é mencionado, mesmo que apenas no íntimo, Alice, em silêncio, pensamentos. Alice estaria com a filha naquele preciso instante, essa era uma ideia feliz.

Com o avanço do carro, o senhor Rui foi abandonando as reflexões e, aos poucos, começou a preparar-se para o almoço que o esperava. Não se sabe exatamente onde iria almoçar. Ou, melhor, o motorista sabia, e sabe. Também as pessoas que o estavam para receber já sabiam. Deste lado da fronteira, toda a gente o conhece, desde as crianças mais pequenas, capazes de serem seus bisnetos, até os da sua idade ou, mesmo, até um ou outro mais velho do que ele. Por isso, todos os que se tiverem cruzado com o senhor Rui saberão onde foi almoçar.

Não era segredo, continua a não ser. No entanto, esses detalhes são desprovidos de matéria que interesse ao mundo. Por um lado, o senhor Rui deseja manter esse espaço, merece-o. Nessa e noutras ocasiões, utiliza a sua privacidade para se organizar. Naquele sábado, utilizou-a para perceber o dia e o momento em que estava, véspera do domingo que antecipou durante a vida inteira. Por outro lado, não sabermos onde o senhor Rui foi almoçar lembra-nos que não sabemos tudo. Dá-nos essa informação valiosa que devemos manter sempre presente: não sabemos tudo.

* * *

Era uma menina com génio nos olhos. Tinha seis, sete, oito anos. Podia estar, por exemplo, a contar alguma história e, de repente, interessava-se por um grão de pó, analisava-o, fixava-se toda nele e deixava as palavras sozinhas, a escorrerem como um fio de água, a esmorecerem esquecidas na sua voz de boneca. A minha irmã Clarisse era uma menina. Quando aparecia, trazia uma inocência que ainda recordávamos de nós próprios, mas que tínhamos perdido de modo inevitável. A minha irmã Cremilde era quem tinha melhor ocasião de apreciar essa pureza, por serem as duas raparigas, pelas brincadeiras em que se lançavam apesar da diferença de idade. O meu irmão e eu tínhamos mais dificuldade de aproximação, também porque a Clarisse passava metade do tempo na casa da outra família. Ela tratava-os com forte vínculo, fazia-o por bem, também assim era tratada por eles, mas tentávamos sempre demonstrar-lhe que a sua efetiva família éramos nós. Claro que não exagerávamos nesse favorecimento, não queríamos baralhá-la. A minha mãe usava com frequência estas mesmas palavras: não queremos baralhá-la.

Foi assim que a minha irmã Clarisse cresceu. Houve um período em que imaginei muitas vezes a conversa decisiva entre a minha mãe e esse casal que adotou a minha irmã. Não foi realmente adotada, nós nunca usaríamos este verbo, não era o verbo certo. A minha irmã Clarisse continuava a passar tempo e algumas noites connosco, sabia bem quem éramos, mas passava temporadas maiores com eles, os padrinhos. Apesar da proximidade das portas, não chegava a vê-la quando as semanas voavam. Por isso, nos momentos em que estava connosco, a presença da minha irmã mudava a casa, sentíamo-nos mais completos. Nessas horas, a minha mãe só se zangava a fingir.

Já uma rapariguita, na adolescência, havia vezes em que a

minha irmã aparecia desconsolada, não sabíamos o que havíamos de lhe dizer. Provavelmente, a Cremilde e a minha mãe compreendiam-na melhor, os segredos das mulheres começam nessa idade. Embora não haja relação explícita e comprovada, parece-me agora que foi nessa idade que começou a debilitar--se. O entusiasmo infantil foi substituído por alguma fraqueza, por ombros caídos. Também nessa altura, influenciada pela minha mãe, que requeria ajuda na salsicharia como manha, foi-se chegando cada vez mais a gente. Quando o nosso pai morreu, custou-lhe tanto como a qualquer um de nós. Com a minha mãe viúva e desanimada, também ela descaiu. As moléstias gostam de aproveitar-se desses padecimentos. Afinal, talvez tenha sido nesse ponto, nem os médicos sabem, que lhe entrou a doença, que os pulmões se começaram a encher de desgraça.

Casou-se com um rapaz, agradaram-se um do outro, mais ou menos, tudo se passou como era devido, nasceram os filhos, meus sobrinhos. A Clarisse fez-se uma mulher, mas as fragilidades sempre à vista, aquela tosse, a falta de fôlego, a necessidade de uma cadeira rápida para se sentar. Há um par de semanas, falei da minha irmã Clarisse com esse tal rapaz, meu cunhado, também ele já um homem, as feições mudadas, talos de barba a cobrirem-lhe as maçãs do rosto, pele azul de grossa. Disse-me: tens de ir tu.

Tratei de tudo, até do mais pequeno detalhe. Se não me ofereci logo para vir a Londres, foi porque achei que esse serviço não pertencia à minha competência, talvez ainda alguma timidez do tempo em que ficava com o meu irmão António, à distância, a vê-la brincar com a Cremilde. Eram as nossas manas, faríamos tudo para proteger as nossas manas mas, em casa, guardávamos aquela distância devida.

O meu cunhado não tem capacidade de uma deslocação desta ordem, o estrangeiro mete-lhe medo. Depois de perguntar por toda a parte a médicos com cara e fama de sérios, quando lhe apresentei esta ideia, o meu cunhado assustou-se. Tanto ele, como os filhos, como a minha irmã, mais do que todos, estão fartos de Lisboa, fartos de internamentos que parecem não dar resultado. Até as cirurgias não trouxeram conclusão, trouxeram o desassossego da antecipação, o tormento da hora em que estavam a acontecer, a minha irmã anestesiada, ausente, trouxeram o lento achaque da convalescença, mas não trouxeram conclusão. Inglaterra, respondeu-me um médico já há um par de anos. O que se pode fazer, senhor doutor?, tinha eu perguntado. Depois, outro e outro, eram cada vez mais a dar a mesma resposta, Inglaterra, Inglaterra, Inglaterra, essa palavra dita por vozes diversas, umas mais graves do que outras, umas com mais pressa, outras com mais vagar.

E aqui estamos em Inglaterra. O quarto tem um asseio de invulgar qualidade, o branco é mesmo branco, tinta nova nas paredes, roupa fresca na cama. A eletricidade parece ter outra espécie de nitidez. A minha irmã Clarisse, de cabelos desfeitos, camisa de dormir comprada em Campo Maior, talvez um presente da nossa mãe, está sentada na cama, duas almofadas a darem-lhe sustento aos rins. Se conseguisse manter a animação que apresenta, havíamos de estar agora todos em casa. Sorri com mais luz do que a manhã, filtrada pelas janelas, céu de muitas nuvens. A Clarisse aproveita a alegria de, neste quarto, ter todas as pessoas que conhece em Londres: eu, seu mano Rui e a secretária do Banco Borges & Irmão.

Entra uma enfermeira inglesa, diz qualquer coisa à irmã, um jorro de palavras estrangeiras. Sem entender, a minha irmã reforça o sorriso. A enfermeira continua a produzir conversa para o ar, sacode minúcias em que não tínhamos reparado e, de repente, vira-se para a secretária do Banco Borges & Irmão e diz-lhe qualquer coisa. A secretária traduz automaticamente, a enfermeira perguntou se a minha irmã está com fome, diz que vai buscar o almoço. De facto, pareceu-me entender a palavra lanche. A Clarisse faz um jeito com o nariz, chega a dizer que não tem apetite, mas a secretária não faz essa tradução para inglês porque, há dois segundos, a enfermeira lançou-se pela porta, sapatos silenciosos de borracha.

Não sei se há outras contas em pesetas autorizadas pelo Banco de Portugal no nosso país, é provável que a minha seja a única. Essa é apenas uma das contas que manejo no Banco Borges & Irmão. Ninguém sabe quantas vezes passei por aquelas portas. Quando expliquei a decisão de vir com a minha irmã a Inglaterra, foi o próprio diretor que sugeriu à secretária para fazer o papel de intérprete. Eu já a tinha visto, mas só lhe ouvi a voz quando tivemos a breve reunião em que lhe expus a proposta. Possuía uma voz sumida, a dizer que tinha de falar com o marido, que tinha de pensar.

O marido foi despedir-se ao aeroporto de Lisboa, carregou as malas. A secretária é uma mulher agradável, bem-falante, a Clarisse gosta da sua companhia. A secretária do Banco Borges & Irmão está agora sentada na cadeira onde passa a maior parte das horas do dia, uma cadeira estofada, cómoda. Eu estou de pé, mãos nos bolsos. Estou em posição de saída, não consigo evitar esse pensamento por baixo de todos os outros, penso já em amanhã: táxi inglês, aeroporto inglês, espera, viagem de avião, carro para Campo Maior, serão em casa, dormir e amanhã. A minha irmã Clarisse, obviamente, não pensa em amanhã, não pensa sequer em daqui a uma hora, usufrui deste instante absoluto.

Há momentos em que distingo traços do seu rosto de menina no seu rosto de quarenta anos, quarenta e poucos. Sim, é a mesma pessoa. Acho que tenho memória de quando nasceu. Não consigo estar certo dessa memória, embora a distinga, imaginada ou real. Nasceu a tua irmã, parece-me ouvir alguém dizer.

Lembro-me bem de vê-la pequena, a correr aos tropeções, essa é uma memória segura. Lembro-me de agarrar-lhe na mãozinha.

Chega a enfermeira com o tabuleiro. A secretária do Banco Borges & Irmão aproveita para apresentar serviço, inicia diálogo com a inglesa. Pelo tom, não consigo entender o que dizem. No tabuleiro, vem tudo bem apresentado, almoço de hospital, mas com boas cores. Daqui a pouco, voltará para trás quase intocado. A minha irmã não aprecia estes comeres, sopa passada, embalagens pequeninas de compota e outros acepipes.

O ânimo esbate-se. Não podia ser de outra maneira, os segundos são implacáveis, os momentos tentam agarrar-se a eles, mas não conseguem segurá-los. Os segundos são implacáveis. A minha irmã, com o tabuleiro diante de si, picando o creme verde com a ponta da colher, reconhece lentamente que estamos perante o tempo que não queríamos que chegasse. A data da minha partida estava marcada, sabíamos o horário há dias. Ouvi a conversa ao telefone em que a Clarisse explicou ao marido que eu ia regressar, que ficava com a secretária do banco, não se sabe quanto tempo, ele a insistir, já te disse que não se sabe quanto tempo. Não ouvi o telefonema da secretária, mas paguei-o e sou capaz de imaginá-lo, a explicar a mesma coisa ao seu marido. Mais tarde, eu a garantir-lhe que arranjava maneira de mandar cá o marido para vê-la e a agradecer-lhe muito.

A enfermeira saiu. Aqui estamos os três. A minha irmã chora algumas lagrimitas, como não podia deixar de ser. Eu não choro, o que é isso? Aproximo-me dela, deixo que me agarre o braço. A secretária do Banco Borges & Irmão olha-me em silêncio, repete nesse olhar as promessas que lhe fiz, a visita do marido, mais um ou outro apoio. Apenas com o olhar, confirmo tudo isso, a minha palavra não deixa dúvidas, mesmo em silêncio. E regresso à minha irmã Clarisse para dizer-lhe: vais ficar bem; agora, há este sacrifício, custa, mas vais ficar bem. A minha irmã Clarisse, que sabe mais de sacrifício do que todos nós, menina de novo, com todos os traços do seu rosto de menina, pousa as pálpebras sobre os olhos para acreditar no que lhe diz o seu irmão Rui. Esta menina de quarenta e poucos anos, hei de protegê-la. Vais ficar bem, mana. Estou já perto da porta aberta, acabei de levantar a mala do chão, ainda tenho a minha irmã Clarisse à frente, sentada na cama, a camisa de dormir comprada em Campo Maior, o seu rosto suplicante, a minha irmã mais nova. E num momento, num passo inevitável, saio, deixo de ter o rosto da minha irmã Clarisse à frente, passa a ser uma imagem que levo por dentro e que, ao mesmo tempo, está impressa em tudo o que me rodeia.

Conheço cada palmo desta estrada e, no entanto, parece que avanço no interior de um sonho. Duvido da própria realidade. Estamos já muito perto da vila. A igreja matriz a erguer-se no centro de todos os telhados. O motorista abranda, levanta de repente o joelho, quer sossegar o motor porque distinguiu algum segredo. Vou para incomodar-me, tenho pressa de chegar a Campo Maior mas, no mesmo momento, parece-me ouvir a primeira buzinadela. Temos as janelas abertas e, por debaixo do ruído do automóvel, sobre a existência dos campos, verão à solta, cigarras em toda a parte, essa buzinadela seca diverge do que espero mas, logo a seguir, escuto outra e outra. Aproximamo-nos da vila e, a cada porção de metros, estamos mais perto desse desalinho de buzinas cruzadas, umas mais estridentes, outras mais grossas, de camião. Sabem que o senhor Rui aí vem, responde o motorista a nenhuma pergunta. Não me zango com essa surpresa, desisto de querer saber quem contou ao povo, é esta a minha terra, é aqui que me conhecem. Chegamos a Campo Maior, é julho de 1987. Logo nas primeiras ruas, há carros, carrinhas e camionetas para cima e para baixo, quando reconhecem o nosso automóvel, largam-se em euforia. Não tiram a mão da buzina, gritam a plenos pulmões. Vejo isto, olho para todos os lados, não sei se choro ou se rio, é aqui que me conhecem. Temos de parar o automóvel.

Depois de dezassete meses em Badajoz, com determinados jornais a dizerem o que quiseram, esta gente e estas ruas estiveram sempre aqui, gente que me viu em todas as circunstâncias, ruas que me viram passar em mandados para a minha mãe, ou já espigado a acompanhar o meu tio, ou no começo dos negócios e sempre, como fazia a minha mãe, a dar fiado à farta. Estou entre a minha gente, tenho os pés nas ruas da minha terra, é aqui que me conhecem. Levantam-me no ar com certos abraços, desbarrigam-me a camisa para fora das calças, aplicam-me palmadas no centro das costas. Não sei sorrir mais do que isto. Muitos dos que me rodeiam fazem questão de dizer alguma coisa, são gente que conheço há muitos anos, alguns há cinquenta e seis anos, que é a soma do tempo em que respiro este ar. E muito valorizo agora encher o peito com este ar quente, valorizo o suor que me escorre pela cara, que me cola a camisa ao corpo. Os carros não param de buzinar, alguns têm o símbolo da Delta colado nas portas. Hoje, um dia de exceção, podem andar nesta estúrdia, mas amanhã têm de voltar aos itinerários de trabalho. Estou rodeado por homens com todo o tipo de formas, alguns dão-me um aperto de mão e afastam-se logo, outros ficam de roda de mim, felicitam-me, também mulheres, mais comedidas, também crianças, contagiadas pela festa. Dezassete meses, tanto tempo, uma vida inteira. O motorista encontra caminho para se aproximar de mim e, no centro do barulho, consegue perguntar-me num sussurro se quero descansar. Com um trejeito digo-lhe que não, ele entende. Esta é a minha terra, estou entre a minha gente, é aqui que me conhecem.

7.

A minha mulher deixou-me aqui sozinho para olhar por esta janela. Não importa o que vejo. Todas as mostras de movimento e de natureza me levam à mesma dor ácida, ténue, mas viva, percetível no interior da grande dor, a que abrange tudo. Há a crua compreensão de que o mundo prossegue, indiferente. E, no entanto, a minha irmã Clarisse.

E imagens misturadas: o seu rosto, principalmente, a olhar para mim, à espera de alguma resposta, entusiasmada em certos dias, o tamanho das suas ilusões, a minha irmã em criança, a certeza de que existia o oxigénio que respirava, tinha sabor como este oxigénio que respiro agora, tinha temperatura na pele e no interior do corpo, tudo era possível, tudo era possível, e o cemitério há pouco, lembrança de há pouco, a madeira envernizada, que contém a minha irmã, a luz deste dia sobre a madeira envernizada, o som das vozes, as roupas engomadas, negras, a terra, a parede de terra na cova, as flores, e de novo o seu rosto, o seu rosto na semana passada, o seu rosto há três ou quatro dias, a última vez que nos vimos, as últimas palavras que lhe disse.

A minha irmã pequena, a rir com as brincadeiras que apanhava, esse tempo que já não pode ser recordado por ela. Este é o mundo sem a minha irmã Clarisse. Como se, de repente, tivesse desaparecido tudo o que lhe dizia respeito, a sua história. Ontem, ainda tínhamos o corpo, estava ali, inerte, distorcido, mas até isso era qualquer coisa. Ontem ainda tínhamos qualquer coisa, esse pouco. Agora, debaixo da terra, sei que não vou encontrá-la em nenhuma parte. Posso correr o mundo inteiro, cada canto do mundo, e sei que não vou encontrá-la. É como se a minha irmã passasse a ser apenas o seu nome e, mesmo assim, dizê-lo não garantisse perceção. O seu nome torna-se mais incompreensível a cada segundo.

Clarisse. Repito na cabeça resumos da sua vida. Não chegou aos cinquenta anos, mas imagino-a com mais idade, a minha única irmã mais nova com sessenta ou setenta anos, imagino-me a mim com mais idade, ela e eu, dois velhos. Essa é uma ideia impossível, que já não poderá acontecer. Depois do que vejo desta janela do meu quarto, está a vila inteira de Campo Maior. Em algum lugar tangível estará o meu cunhado, seu marido, com os filhos. Ainda há pouco, no cemitério, indefesos, e eu a tentar dizer-lhes com o olhar que vou tomar conta deles, mas o mármore a rodear-nos, o céu avassalador.

O rosto da minha irmã, digo o seu nome e ouço-a dizer o meu, quando era uma rapariga a crescer, no dia em que se casou, Clarisse, doente, a minha mãe preocupada e, em silêncio, a explicar-me essa preocupação. Eu vou fazer tudo, mãe. Eu vou fazer tudo. A esperança, parece agora inconcebível essa esperança, o morno com que a sentíamos. O rosto da minha irmã quando lhe falei da Inglaterra, a confiança que os seus olhos ganharam nesse instante. Depois, o seu rosto quando chegámos à Inglaterra, ou quando a deixei no quarto do hospital. Ainda essa esperança, mais pálida às vezes, mais desvanecida, mas ainda lá. Eu vou fazer tudo, eu vou fazer tudo, e fiz. Mas, dentro desse tudo, não havia nada que pudesse contrariar o que aconteceu. O dinheiro não a salvou. Nenhum dinheiro poderia salvá-la.

    O aroma do café torrado conferia um tom acastanhado ao fim da tarde, notava-se no céu. O motorista sabia que, quando deixava a nacional 371 e entrava nos caminhos da fábrica da Novadelta, quando virava à direita vindo de Campo Maior, tinha de abrandar. Havia o limite de velocidade inscrito em sinais de trânsito, havia os camiões com atrelados, podia estar a passar uma empilhadora, alguém podia ter-se lembrado de atravessar a estrada e, com toda a certeza, o senhor Rui precisava de analisar atentamente cada detalhe, fiscalização exaustiva durante aquela breve passagem. Ao sábado ou em qualquer dia da semana, toda essa área cheirava a café torrado. Depois de passarem o Centro de Ciência do Café, quando avançavam já entre vinhas e natureza, o motorista sabia que devia manter a mesma desaceleração. Nessa etapa, o senhor Rui dedicava-se ao proveito daquela paisagem, campos que lhe falavam.
    Não havia nada que pudesse contrariar a natureza.
    As videiras organizadas por raça de uva, trabalho habilidoso feito por mãos e cabeça. Depois, ao longe, alguns sobreiros espalhados, árvores que impunham respeito pela idade e pela solidez. Ninguém questionaria a resistência que cumpriram, ali, naquela posição inamovível, sobreiros agarrados àquela terra. O senhor Rui observava estas qualidades com séria deferência. Sem tocar na expressão do rosto, os músculos impassíveis, sentia orgulho perante as videiras, mar de parras verdes. Guardava lembrança do que tinha imaginado e, diante de si, estendia-se a concretização.
    Ao longo dos anos, foi aprendendo a imaginar o edifício que se aproximava aos poucos, branco solene. O arquiteto ti-

nha os seus caprichos, teimava com linhas e certas minúcias que, em muitas ocasiões, pareceram inconcebíveis ao senhor Rui. É o moderno, repetiu para si próprio, compreendendo que havia ali uma arte própria. E as obras. Em muitos sábados como aquele, quis subir àquela altura do terreno para se inteirar do progresso das obras. Ao longo da vida, tornou-se um especialista em cimento molhado, imaginou e criou condições para muita construção civil.

Adega Mayor. Assim que se decidiu o nome, o senhor Rui começou logo a usá-lo em todo o tipo de frases e de conversas. Precisava de ultrapassar o momento em que se estranhassem aquelas palavras. Foi assim que fez com a Delta e com todas as marcas que pegaram. Sonhou os vinhos Adega Mayor, também o azeite, e ali estava essa realização à sua frente, sorvia a força da primavera.

A manobra do estacionamento não apresentou desafio. Com a porta aberta e a perna direita esticada, a saída do carro foi mais custosa. O tamanho do dia contribuía para o apuro dessa adversidade. Ia longo aquele sábado, tempo. Lembrou-se da irmã Clarisse. Lembrou-se da irmã Cremilde. Lembrou-se do António, as madrugadas em que acordavam juntos, as tropelias que inventava com o irmão mais velho. Lembrou-se do pai, no fundo de um tempo enorme, anos e anos, décadas. Lembrou-se da mãe, nova ainda, rodeada por atividade, e já velha.

Levantou o olhar do chão e tinha um homem à frente a chamar-lhe comendador. Foi súbita essa aparição. Era um homem que estava ali de visita, transportava garrafas para o seu carro, cinzento, com matrícula espanhola. O senhor Rui sorriu durante toda a explicação. O homem assegurou que lhe bastavam dois minutos. Ainda bem que o encontro, senhor comendador. E pediu equipamentos para uma equipa de atletismo, duas dúzias de camisolas de alças. Nomeou a freguesia do concelho de Arronches a que pertencia, mas o senhor Rui estava com o pensamento nas pessoas que o esperavam no interior da Adega Mayor. O homem estava ainda a dar informações sobre os jovens atletas, cachopos de boa perna para o corta-mato, quando o senhor Rui confirmou o apoio e pediu para deixar os dados com o motorista. Ainda a sorrir, deu-lhe um aperto de mão e contornou-o, seguiu em direção ao encontro que tinha marcado lá dentro. Afinal, não precisaram de gastar os dois minutos.

8.

Tudo se resume à construção de uma casa. Foi assaltado por este pensamento quando chegou, depois de despedir-se do motorista, depois de atravessar o pátio, no momento em que entrou e, na transição dessa fronteira, sentiu a diferença nítida entre rua e casa. Tudo se resume à construção de uma casa. Essa palavra enorme, *tudo*, significava todos os dias em que acordou no interior de projetos, cismas que condicionaram todas as decisões, todos os gestos, significava tudo em que tinha acreditado ao longo desse tempo, dessas idades, verdades inquestionáveis no seu presente e, mais tarde, ao serem revistas pela condescendência do futuro, a confundirem-se com ingénuas miragens. E *casa*, também uma palavra enorme, a significar não apenas paredes e mobília, mas aquele mundo, a construção daquele lugar de segurança, abrandamento do coração e de todos os órgãos, aquele ar onde existia de outra forma.

Sem consciência desta ideia, mas a fazerem parte dela, a mulher e a filha, Alice e Helena, estavam como as tinha deixado a meio da manhã ou, se calhar, um pouco depois do meio da manhã. Talvez fosse o entusiasmo que lhes conferia uma ligeira capa de infância. Olhava para a mulher, sentada, oitenta e oito anos, e conseguia distinguir aquela menina em que reparava na escola, na sala da quarta classe e na praça da República, arrumada às amigas, e a maneira como então o seu nome era dito, Alice. E a filha, logo quando nasceu. Lembrou-se da primeira vez que a viu, embrulhada, bebé, a alguns metros de distância e, logo a seguir, a ser-lhe estendida, o rosto adormecido, olhos fechados. Lembrou-se da filha com três anos, talvez quatro ou cinco, toda arranjadinha, ganchos no cabelo.

Sorriam. O ânimo da voz desfazia-se às vezes em gargalhadas delicadas, omitiam pormenores da conversa, como se guardassem segredos. O senhor Rui identificava essas ausências, frases sem complemento direto, mas fingia não reparar, deixava-as na fantasia de lhe reservarem segredos. O dia seguinte seria enorme. A aproximação desse dia era a principal fonte de entusiasmo. Fazia-lhes muita *ilusión*, como diziam os espanhóis. O dia seguinte, domingo, 28 de março, assemelhava-se a um dos grandes lumes de quando era pequeno, um halo que lhes iluminava o rosto, como um espanto solene.

Existia a sensação de sábado, fim de tarde de sábado, circunstância iluminada, mas o dia seguinte era já muito presente. O senhor Rui sabia que as duas tinham passado aquelas horas a planear o que iria acontecer, era aí que tinham o raciocínio. Sentada, a mulher estendia os braços para falar, Alice gesticulava, como se quisesse agarrar ideias do espaço que a rodeava. A filha preparava-se para sair, dirigia-se ao casaco. Ao mesmo tempo, ele preparava-se para chegar profundamente a casa, relaxava os gestos e, ao mesmo tempo, existia o movimento das palavras com que respondia a perguntas simples. Alegrava-se com o ânimo da filha.

E chegou o momento em que ficaram sozinhos. Depois de muitas despedidas, a filha saiu. Ficaram sozinhos com os seus nomes, Rui e Alice, com as fotografias nas molduras e os objetos, com o espaço nas divisões da casa. Sim, esperou a vida inteira por aquele dia que estava prestes a acontecer. A partir de certa altura, aquele dia tinha-se transformado num marco. Durante muitos anos não o conseguia imaginar. Podia nomeá-lo, mas seria uma abstração, um conceito que poderia integrar em cálculos, poderia usar em argumentações consigo próprio, mas que não tinha realidade, não era verdadeiramente possível. E, no entanto, aí estava: o dia seguinte, olhava para ele e continuava a caminhar em sua direção.

Lembrou-se dos arredores de Luanda. Lembrou-se do tio Joaquim. Lembrou-se da praça da República cheia de gente em sábados como aquele, àquela hora exatamente. Lembrou-se dos campos da *Extremadura*, sentiu o aroma dessa distância. Lembrou-se do Hotel Timor, em Díli, sentado sobre a colcha da cama. A mulher disse alguma coisa sobre o dia seguinte, revelou-lhe um pouco do que estavam a preparar, um aviso que achou melhor esclarecer. E comentaram a filha, os dois alegres com o ânimo da filha. Lembrou-se da primeira vez que viu a sua filha Helena, embrulhada, bebé, a alguns metros de distância e, logo a seguir, a ser-lhe estendida, o rosto adormecido, olhos fechados.

Tudo se resume à construção de uma casa. Antes de se levantar para ajudar a mulher, Alice, espera um bocado, Alice, voltou a ter este pensamento.

Reconheço-o imediatamente pela forma como enrola o corpo. Os meus olhos ainda não estão à distância de distinguir feições, mas basta-me a postura para reconhecê-lo, não há outra pessoa em Campo Maior que se apresente assim. Estamos sozinhos nesta rua, avanço na sua direção, eu num passeio, ele no outro lado, no outro passeio. Continuo o meu caminho, mantenho a velocidade. O filho perturbado do doutor, do patrão do meu pai, ainda não deu pela minha presença, está ocupado com qualquer assunto apenas seu, dialoga sozinho, sussurra acusações a si próprio e, com o mesmo tom de ofensa, responde, defende-se de si próprio. Deixei de ter medo dele. Quando o meu pai morreu, já não tinha medo dele.

Em criança, o que me amedrontava talvez não fosse tanto as suas atitudes extemporâneas, os seus ataques, mas aquilo que ouvia dizer. Impressionava-me a sua maneira de falar, o modo como a sua voz girava até parecer a voz de outra pessoa, grave ou aguda, mas ficava muito mais chocado com os detalhes que, raramente, o meu pai descrevia, ou com os comentários da minha mãe. Nos serões em que o meu pai não aparecia, o seu lugar posto na mesa, vazio, eu ficava a imaginar o inferno de loucura a que o obrigavam. Só ele conseguia lidar com este rapaz, agora um homem. Às vezes, tinha de ser agarrado. Podiam durar horas essas crises de sofrimento, distúrbios que lhe tomavam conta da cabeça, sofrimento dele, mas também do doutor e da mulher, mas também do meu pai, que chegava destruído a casa. Houve ocasiões em que eu já era mais velho, e ainda estava acordado à sua chegada; e houve ocasiões em que eu era pequeno, e acordava na penumbra do quarto e, assustado, ouvia uma parte das conversas entre o meu pai e a minha mãe.

Aproximo-me a cada passo. Sou agora um homem de vinte e três anos, tenho a minha vida montada. Hoje, no lusco-fusco, depois de acordar, deixei a minha mulher em casa com um barrigão de oito meses, trinta e três semanas. Cada passo é uma pancada neste chão, mostro às pedras quem manda. E, no entanto, falta o meu pai, falta nesta rua, falta em todas as ruas de Campo Maior. Sou ainda capaz de lembrar-me de quando o automóvel surgia de repente, a encher o caminho, e era o meu pai a conduzi--lo, motorista do doutor. Só não me acenava se não conseguisse distinguir-me no meio de um grupo de rapazes, ou se não reparasse, se confundisse o meu vulto com outro vulto qualquer. Eu distinguia-o sempre, bem-posto, atento ao volante e ao enorme manípulo das mudanças, agarrava-o com a mão inteira. Como terão o doutor e a mulher do doutor arranjado maneira de lidar com o filho depois da morte do meu pai? Nunca me interessei por saber. Podia ter indagado sem custo. Na pausa de alguma conversa com mil pessoas que sabem essa resposta, podia ter perguntado. Nunca me interessei, já não valia a pena. Quando o meu pai era vivo, quando lhe exigiam que ficasse a domar o rapaz, talvez fizesse alguma diferença. Depois, deixou de me interessar. Nestes anos, já cinco anos, cruzei-me várias vezes com o automóvel do doutor: ele a vir num sentido, eu a ir no outro. O primeiro toque do instinto é procurar o meu pai, olhar para o lugar do motorista com essa esperança mas, logo a seguir, chega a constatação.

Pai, não deves mais nada. Quando o meu pai chegou da tropa, com a carta de condução oferecida, trazia também um encargo para toda a vida com esta família. Alheio a tudo isto, o filho do doutor limpa o nariz às costas da mão e, a meio desse gesto, apercebe-se de mim. Estamos a poucos metros, cada um no seu lado da rua. Fica parado, meio a rir, a seguir-me com o olhar. Mantenho a passada, mantenho o rosto imóvel, fixo um ponto lá à frente. O filho do doutor roda o queixo sobre o pescoço e vai perdendo o sorriso, coitado, não sabe quem eu sou, não entende.

Tenho o resto do caminho. Viro à esquerda, desço, mudo de rua e, na distância, vou deixando a sombra do filho do doutor. Também a memória do meu pai vai regressando a outro tempo. Volto a pensar no meu propósito e no lugar para onde me dirijo. A responsabilidade que se espera de mim é séria. Estou à altura: sou agora um homem de vinte e três anos, repito, tenho a minha vida montada. Não foi o meu tio Joaquim que me mandou, sou dono da minha própria iniciativa.

Além disso, quis vir a pé, quis tempo. Pensar é escolher uma direção. Não falta muito para que chegue. Estou aqui e, ainda hoje, quando voltar para casa ao entardecer, talvez já à noite, encontrarei a minha mulher e o nosso filho quase a nascer. Estou aqui e, no entanto, espantosamente, ainda hoje, estarei lá, nesse futuro imenso. Sei para onde quero ir.

A rua termina numa linha imperfeita, o empedrado interrompe-se sobre a terra, atinjo a estrema da vila, mas ainda há casas lá além. Os cães começam a ladrar. Avanço por uma vereda entre as ervas. As galinhas desesperam, em pânico, correm em círculos. Ao perto, os cães amansam. A porta da rua está coberta por um pano. No fim da vereda, por debaixo dos arames de secar a roupa, esticados por uma cana, as galinhas correm à altura das minhas canelas. Alertada pelo alvoroço, a mulher vem à porta, afasta o pano com a mão. A expressão desfaz-se no rosto. Ao ver-me, é como se o rosto da mulher derretesse. Nesse momento, começa a uivar, lança um grito ao céu. Não há casas coladas a esta, apenas oliveiras, mas não me fio, apresso-me e, em dois passos, chego à mulher, agarro-a pelos ombros e entro com ela na casa.

Esta é uma cozinha escura. Crianças de várias idades olham-me desde o interior das sombras. Não sabem o que faço aqui, diante da sua mãe em prantos, disposta a desarticular-se num choro convulsivo. A casa cheira a mofo, como se a humidade tivesse atingido o íntimo das paredes, como se a madeira lascada da mesa e dos bancos estivesse impregnada de humidade. Tento acalmar a mulher, mas parece que não entende palavras. Sou obrigado a esperar que se canse.

Com medo, um dos cães espreita por um canto do pano que cobre a porta aberta. As crianças, insensibilizadas, dormentes, continuam a olhar-me com o mesmo torpor doloroso, ranho seco. Então, por fim, há um instante em que a mulher me dirige o rosto, está capaz de ouvir. Calma, digo-lhe três ou quatro vezes para ter calma. Quando a sinto respirar, explico-lhe que o marido foi apanhado pela guarda civil, está preso em Badajoz. Vai para reiniciar a gritaria, mas pouso-lhe um dedo sobre os lábios. Porque não estava à espera desse gesto, deixa-me falar.

Digo-lhe que não vai faltar nada, nem a ela, nem aos meninos. Explico que o marido não deverá ficar preso muito tempo, que é um caso corriqueiro, que os espanhóis não querem lá pessoal a comer-lhes as sopas. Arregalo os olhos para que comuniquem também, o meu olhar atravessa as trevas desta cozinha e, com todas as palavras bem articuladas, garanto-lhe que não vai faltar nada, nem a ela, nem aos meninos.

9.

Passo pelos homens nas bolas de torra e percebo que não podem fazer mais, há um limite para a destreza do corpo humano. Têm de crescer as cifras do negócio para, só depois, crescer a matéria-prima e a mão de obra. Uma família de tios e de irmãos traz vantagens e desvantagens ao negócio. Há a confiança, valor número um para o funcionamento de qualquer firma, mas também há a dispersão de cabeças, cada um a dar palpites e, a partir daí, as sensibilidades. Um aborrecimento de família, quando mal gerido, quando descarrila, provoca dissabores que entortam o eixo de uma vida. Passo pelos homens nas bolas de torra, trocamos trejeitos, fazemos interpretações livres dessas caretas. O calor destes grãos de café começa a maçar, estamos em abril e sabemos que vem aí uma primavera cada vez mais quente e, logo a seguir, um verão em brasa. Tanto eu como estes homens temos a nossa conta de verões de Campo Maior, tanto eu como eles passámos todos os nossos verões aqui.

Distingo ao longe o alvoroço, os lábios da mulher a mexerem-se, os movimentos que faz com o corpo, os braços invertebrados a ondularem diante dela, e percebo logo do que se trata. Acelero o passo, vou quase a correr. A voz da mulher ganha nitidez, guinchos que partem do seu rosto emoldurado pelo lenço, um nó por baixo do queixo, moldura oval. Nasceu a sua menina, nasceu a sua menina, repete a mulher, competindo com os barulhos da fábrica, que evoluiu bastante nos últimos anos, apesar da minha vontade de que evolua ainda mais, muito mais. Acende-se um clarão dentro de mim, sei que este é um instante assinalado, mas talvez o meu rosto não esteja a comunicar esse esplendor porque a mulher continua a repetir as mesmas palavras, nasceu a sua menina, nasceu a sua menina, como se achasse que não escutei, como se esperasse uma reação que não está a receber.

Faço as perguntas habituais. Sim, correu tudo bem, o bebé bem, a mãe bem, minha mulher Alice. Mas até depois das respostas, continua o mesmo olhar insistente, a expectativa de mais alguma coisa. Aceito a gentileza e agradeço, muito obrigado. Deixo uma pausa, a despedida está implícita, mas a mulher não interrompe as dúvidas com que olha para mim e, um segundo, outro segundo, limpa a garganta, ainda um segundo. Sem aguentar mais, pergunta: não vai para casa?

Tenho de rir-me. O escândalo aumenta no rosto da mulher. Explico-lhe aquilo que já sabe: está lá a minha mãe, a minha sogra, está lá quem tem serventia. O que vou eu para lá fazer, mono, com um par de braços sem ação? Mas, mas, a mulher não sabe o que há de dizer e, pouco convencida, acaba por sair.

Sem pressa, volto ao trabalho. De madrugada, achei a minha mulher sem ânimo. Ficou deitada de lado na cama, a aproveitar o descanso da enorme barriga, a aproveitar o sono do nosso João Manuel. Abriu os olhos para despedir-se e voltou logo a fechá-los. Pouco passava das quatro da manhã, acreditei que era do sono. Percebo agora, estava à beira deste dia inesquecível, deste milagre. Os homens que se aperceberam da novidade em primeira mão, ou os que já a tinham recebido de um desses, aplicam-me uma ligeira palmada no braço ou felicitam-me à distância. Mesmo quando o barulho da fábrica não me deixa escutá-los, sei o que dizem. Outros não deram pela notícia, mantêm o serviço, reparam na minha passagem, mas não a interrompem, também eu não os interrompo.

Há quatro anos, foi parecido. Recebi a notícia do nascimento do João Manuel, continuei a jornada e, quando cheguei a casa, lá estava a minha mulher e o menino. Foi a minha mãe que veio avisar-me do nascimento. Não estranhou que continuasse a trabalhar. A esta hora, lá deverá andar o João Manuel de um lado para o outro, talvez baralhado, arrelampado com tanto movimento. Um menino de quatro anos, cinco daqui a pouco, esperto, pronto para a brincadeira. Em alguns aspetos, é como eu quando tinha essa idade; noutros, muito diferente, ainda bem.

O que vou lá fazer? Só estorvar. A minha mulher, com toda a certeza, está ainda de cabeça baixa, a própria menina deve estar exausta de nascer. Que descansem, que respirem, que deixem o organismo recompor-se. Quando regressar a casa, ao fim da tarde, o João Manuel há de receber-me à entrada, deve estar ávido de explicações, alguma segurança depois de tanto tumulto. Logo a seguir, haverá o instante em que entrarei no quarto e a primeira vez que verei a minha filha, embrulhada, bebé, a alguns metros de distância, e a ser-me estendida, o rosto adormecido, olhos fechados. A minha Helena. E a emoção serena da minha mulher, iluminada por alguma luz, a entender-me mais do que me entendo a mim próprio. E a minha sogra, a fazer parte desse momento sagrado, presente de pleno direito, enlevada com a filha e com a neta, matriarca orgulhosa de uma linhagem de mulheres amáveis. A minha sogra que, depois de ficar viúva, logo aos trinta e dois anos, tomou conta das filhas, ensinou-lhes o que sabia de costura e de vida. Quando terminou de orientar a mais nova, por fim, teve desimpedimento para vir morar connosco. Uma senhora muito suave, modista e modesta, com as suas tesouras, a sua caixa de costura, os seus panos traçados a giz. Senhora que não quer dar trabalho a ninguém, voz contida, que sabe ver onde deve estar e que, se não faz falta, desaparece para o seu quartinho, lá tem as suas coisas, muito estimadas, muito arrumadas. Também assim morrerá, sem dar trabalho, de um momento para o outro, sozinha com Deus no seu quartinho, Deus a fazer-lhe a vontade.

Mas isso será depois, agora esse tempo não existe. Agora, existe a fábrica, o cheiro quente do café torrado, a produção e, também, o peso que hei de sentir ainda hoje nos meus braços, o peso da minha Helena, bebé, esse peso já existe.

Todos os dias 27 de março, todas as vésperas do dia seguinte. Ao seguir essa lógica, não encontrava marcos concretos, acontecimentos que pudesse localizar precisamente naquela data, mas era capaz de convocar algumas ideias, ou talvez as inventasse: os 27 de março de quando tinha trinta anos, trinta e tal anos, na década de sessenta; ou os 27 de março de quando era um adolescente, com quinze anos, por exemplo; ou quando era criança, os olhos cheios de fantasia; ou com sessenta, setenta anos, os filhos e os netos. Este pensamento transbordava imagens, lampejos sob diferentes luzes, era um pensamento trabalhoso. Fragmentos de episódios enrolavam-se uns nos outros, eram atravessados por vozes que tivera ao longo de idades, vozes que lhe preenchiam a cabeça com múltiplas entoações. Num momento, apercebeu-se da imaterialidade desse mundo. Afinal, por debaixo de todas essas conjeturas, reflexos de tantos 27 de março, estava aquela divisão em quase silêncio, apenas o barulho que faziam a respirar, o senhor Rui e a mulher sozinhos, a televisão desligada, o peso de sábado, algum som que chegava da rua, serões diferentes daquele.

O senhor Rui e a mulher sozinhos, o tamanho da casa e, como um declive no terreno, aquela sensação fatal de véspera. Amanhã: se falassem, era quase certo que começariam qualquer frase pela palavra amanhã. O senhor Rui limpou a garganta, como se fosse para falar, mas continuou calado.

Durante muito tempo, não conseguiu imaginar aquela data, era irreal no seu entendimento concreto, faltavam-lhe ferramentas para conceber um momento assim. Podia até nomear a data, referi-la em conversas, mas não passava de uma abstração. Sabia que aquela data pertencia à realidade dos outros, mas a realidade dos outros não era concreta, tangível, não deixava gosto na ponta dos dedos. Mais tarde, muito mais tarde, aquela data começou a ganhar algum corpo, foi começando a ser capaz de considerá-la. Primeiro, de modo muito vago e, depois, como um objetivo ou ameaça. E, por fim, ali tinha chegado, faltava apenas um passo, apenas uma noite dormida.

O senhor Rui e a mulher sozinhos. De certo modo, sempre tinham estado assim. Para cada um deles, a presença do outro era diferente da presença do resto das pessoas. Por isso, Alice sabia exatamente aquilo em que o marido pensava.

No dia seguinte, o senhor Rui iria cumprir noventa anos.

28 DE MARÇO DE 2021

1.

Assomo-me ao portão, deixaram-no encostado por causa do calor. A tarde já cá não lembra, tarde esquenturada de junho, julho daqui a pouco, mas o serão ainda não teve capacidade de arrefecer. As pedras guardam a brasa, libertam um bafo. Até o céu e as estrelas conservam o morno. Ninguém dá pela minha assistência, as mulheres continuam as suas conversas debaixo da luz dos candeeiros de petróleo, apuram os olhos para distinguir as pétalas de papel que enrolam. Estão sentadas em bancos baixinhos, têm os joelhos dobrados à altura da cinta, é nesse colo, em cima das batas ou dos aventais, que fabricam as flores de papel. Distingo o meu amigo mais sincero, sentado também num banco, concentrado nos acabamentos de uma flor, a pincelar minúcias com cola. Preciso de tomar alguma iniciativa para lhe chamar a atenção, psiu. Antes dele, uma rapariga apercebe-se de mim: sou um olho, metade da testa no portão entreaberto. Essa rapariga dá um alarme desproporcionado, acusa-me de fazer trabalho de espião, afirma que vou contar às mulheres de outras ruas. Mas eu estou fixo no meu amigo mais sincero, chamo-o com o olhar. A cabeça da rua é caiadeira, é uma mulher com muito mais ciência do que a rapariga e não faz caso. Como as outras mulheres, percebe que não me importa essa disputa entre ruas. Uma delas encoraja a mãe do meu amigo: deixa o rapaz ir. Ele não ousa largar a flor. Com um gesto do queixo, a mãe dá-lhe ordem. O meu amigo mais sincero salta do banco. Puxo-me para a rua, para a noite. E aqui ficamos, no outro lado do portão, a raspar a biqueira dos sapatos na terra e a conversar. Acho que temos sete, oito ou nove anos, aproximadamente, talvez dez ou mesmo onze. Não sei do que falamos, não me lembro, mas sei que, às vezes, as mulheres começam a cantar lá dentro. Com mais ou menos coordenação, cantam as saias. Quando interrompem essas cantigas, ficam as vozes avulsas, alguma coisa que uma ou outra quer dizer, sem pararem de fazer flores de papel, sob a luz dos candeeiros de petróleo. Não sei do que falam, importa mais a segurança desse marulhar, este junho e a presença do meu amigo mais sincero.

Lembrou-se das festas do povo, os meses de preparativos a entrarem pelo início do verão, a perspetiva de festa. Não mudou de posição, os lençóis mantinham a temperatura acomodada à sua pele. Depois das horas da noite, sono com sobressaltos, o senhor Rui aproveitava aquele tempo, sentia a sua ligeireza, era tempo fino, desfeito numa consistência muito fina. Não lhe custava abrir os olhos, embora preferisse manter o conforto das pálpebras. Seguia os números do despertador eletrónico, já passavam das oito da manhã, mas não lhes dava demasiada confiança, não se interessava pelo detalhe dos minutos. Em vez disso, deixava-se flutuar nos sons que chegavam do andar de baixo, as empregadas a organizarem diversas lidas sob as ordens da mulher, Alice animada, distinguia-se pelo tom, mesmo àquela distância. E ruídos de mobília a ser arrastada, loiça a chocalhar, alguma coisa que batia na parede e o som vibrava através da estrutura da própria casa. Era a preparação, o otimismo, sinal de um futuro que o senhor Rui antecipava de modo muito suave. Ali, ainda deitado na cama, já tão fora dos seus horários, dava continuidade à paz. Mas as ideias atravessavam-no, memórias ou ideias. Lembrou-se das festas do povo, a canícula de certos agostos.

Apesar do entardecer e da boa distância entre os homens que me acompanham, apesar da camisa branca, arregaçada até os cotovelos, o calor é veemente. Avanço pelas ruas, cumprimento e respondo a cumprimentos. Vou ao centro deste pequeno grupo, levo as patilhas que se usam nesta época, 1972. Em alguns casos, preciso de parar a marcha e falar mais demoradamente com conhecidos. Em todas as ruas me querem explicar as decorações, a novidade com que fizeram esta ou aquela flor de papel, a engenharia e a arquitetura das grinaldas, geometria complicada que nem sempre consigo acompanhar. Quem me faz essas explicações é a cabeça da rua, a mulher que administra os cinco ou seis meses de preparação que dedicaram às festas. Conheço todas estas senhoras. Ao longo desse período, recebi-as no escritório. Pediram escadas e ferramentas de vários tipos, carrinhas para fazer deslocações, braços que ajudassem a carregar qualquer peso e, por orgulho, à boca mais pequena, fundos para papel, cola, arame. Saio de uma rua, entro na outra, sou entregue pelas pessoas de uma rua às da seguinte: a cabeça da rua, os moradores, trabalhadores da Delta que cumprimento, um a um, amigos de toda a espécie. As linhas paralelas de flores de papel que fazem um teto sobre as ruas, ligeiramente arcadas, não chegam para nos tapar este sol que, mesmo aproximando-se a hora de jantar, continua a ser sol de Campo Maior, sol de agosto. Ao passarmos na rua de um dos homens que me acompanha, depois de cumprimentar toda a família, mulher, sogros, dois filhos já adolescentes, futuros trabalhadores da Delta, ficamos à espera que um dos rapazes vá buscar a máquina fotográfica, tem rolo por estrear, ainda há uma réstia de luz, e o meu companheiro faz questão de tirarmos um retrato.

Lembrou-se das festas do povo, alegria. Lembrou-se dos noventa anos. Já tinha noventa anos, embora lhe parecesse que, por ainda não ter saído da cama, por ainda não ter iniciado o dia, estava a adiar esse passo, estava a controlar essa decisão. Deitado na cama, entre minutos que não pertenciam a ninguém, voltou a reparar na voz que escutava dentro dos pensamentos, a voz que dizia *eu* quando pensava sobre si próprio. E voltou a interrogar-se: quem dizia *eu* no seu interior? Essa voz não parecia ter idade. Lembrou-se da luz que entrava por linhas que não conseguiam segurar a incandescência, dias em que acordava fora de horas.

A luz leva o tempo. Esta luz que entra pelas frinchas inevitáveis da janela está inscrita no tempo. A minha mãe deixa-me dormir, sabe que tive uma noite enorme. Está na salsicharia, talvez. Quando cheguei era de noite, tinha uma noite inteira atrás de mim, um caminho noturno, a fronteira da madrugada e a outra fronteira. Inspiro agora o cheiro da casa. O sono com as suas ideias confusas, com os seus sonhos, baralha-me as lembranças da noite, Espanha, Portugal, os homens cansados, os seus rostos, as suas feições agravadas pela claridade súbita da manhã, luz azulada, esverdeada ou acinzentada, nascer de um dia frio. E a alegria de nos prepararmos para voltar a casa, e o medo de que não seja possível voltar, o medo de que nada possa ser como era antes. Entrei em casa de manhã e, incongruente, cheguei ao quarto de janelas fechadas, já as frinchas de luz. Descalcei-me, desapertei o cinto, estendi o corpo sobre a cama e desapareci no sono. Acordei agora, a tarde lá fora, um certo enjoo por esta falta de horário. Ainda aqui, imagino-me noutro tempo, também a acordar, mas de manhã, sem obrigação, talvez um domingo, a minha vida toda feita, a lembrar-me de estar aqui.

Lembrou-se da mãe, a existência da mãe no mundo, quando podia estar num lugar sem ela, mas a saber que ela existia. Noventa anos, o senhor Rui era um filho de noventa anos. Impressionava-se com esta constatação. Surpreendia-se e sabia que, aos poucos, perderia esse espanto. No entanto, esse esforço seria inglório. Não valia a pena habituar-se a ter noventa anos porque não vale a pena ganhar-se hábito por nenhuma idade. Lembrou--se da mãe. Lembrou-se das festas do povo, Campo Maior como uma menina vaidosa, enfeitada, Campo Maior inocente.

Talvez tenha sido a lembrança da mãe, essa falta definitiva. Ou talvez tenha sido a lembrança tão clara de ser outra pessoa. Uma dessas memórias despertou-lhe um aperto, a pena de tudo o que nunca mais se repetirá. E precisou de proteger-se desse peso. Aos poucos, voltou ao quarto, ao dia do aniversário, aos noventa anos. Não podia abandonar as lembranças, constituíam-no, mas precisava de proteger-se delas. Sim, chegavam sons do andar de baixo, as empregadas como extensões da mulher, extensões de tudo o que ela faria se pudesse, como fazia antes, Alice, os planos, a mulher iria por fim assistir às imagens que tinha concebido para aquele dia. Por isso, preparação de talheres, pratos, copos, transporte de cadeiras para a enorme mesa do almoço. Não se lembrava da última vez em que tinha saído tão tarde da cama.

Horas antes, escutou todos os detalhes da mulher a levantar--se. Quando a madrugada ainda era funda, começou por distinguir-lhe a vontade e, pouco depois, o primeiro movimento. Então, todos os movimentos, a tentativa pouco hábil de existir em silêncio. Por amizade, o senhor Rui não alterou a respiração, não tocou na imobilidade do corpo e do rosto, como se estivesse a dormir, disposto a dar e a receber.

Ainda deitado na cama, mas já preparado para o dia, imaginou cada etapa do que faria até ser iluminado pelo sorriso da mulher, entre a ação das empregadas, a construção do almoço dos seus noventa anos. Imaginou-se de pé no quarto, decidiu a ordem correta com que executaria cada gesto mas, antes, deixou-se ficar por mais um instante.

2.

Ainda estava sentado à mesa do pequeno-almoço quando chegou alguém. Não soube logo quem era. O senhor Rui continuou o gesto que tinha iniciado anteriormente, alheio. Estava sozinho, com a mesa toda para si, a terminar o pequeno-almoço. Os sinais dessa chegada eram como as migalhas que tinha no prato diante de si, salpicadas, pequenas migalhas de pão ou, seguindo a comparação, pequenas migalhas da voz da mulher, palavras partidas, como o seu nome partido, A, li, ce, palavras que se diluíam no sol até ficar apenas o tom, juvenil e livre. Não seria difícil encontrar uma imagem na mesa daquele pequeno-almoço que ilustrasse a dissolução das palavras na luz da manhã, mas o senhor Rui estava sozinho na mesa e não apreciava café com leite, preferia tomá-lo *solo*, como dizem os espanhóis. Percebeu que tinha chegado alguém, não percebeu quem era e não se incomodou a adivinhar. Levou o café aos lábios.

O início foi o doce, como um conforto, um fundo com o propósito de agradar-lhe. No interior do doce, acreditou que merecia tal sossego. Afinal, aquele momento era-lhe proporcionado por tudo o que tinha feito, obra da sua vida, até aquele café, até aquele mesmo doce era, direta ou indiretamente, produto desse trabalho ininterrupto. E foi então, nesse quase-pensamento, que chegou a acidez. Primeiro, subtil, como uma sombra de si própria e, depois, à descarada, acidez limpa e orgânica, natureza que atravessou o tratamento do grão, o transporte, a torra, até chegou ali, à sua consciência.

Voltou a abrir os olhos. Era a filha Helena, na companhia do neto Ivan e da mulher, e as meninas, bisnetas. O senhor Rui levantou-se a limpar o bigode com o guardanapo. As pequeninas vinham à frente, espalhavam ainda mais a claridade do domingo, manhã iluminada, correram para as pernas do senhor Rui e, conforme as tinham ensinado, repetiram: parabéns, parabéns. Cuidado, não derrubem o avô, disse a mãe das meninas, mas o senhor Rui tinha uma mão bem firme nas costas da cadeira e estava a gostar da festa, crianças tão delicadas de feições. Depois, chegaram todos os outros, Alice ficou a observar o cumprimento da filha, da nora, mulher do neto e, por fim, do neto, rapaz e homem.

Assim começou realmente o dia. As conversas seguiam em muitas direções, alguém levantava uma pergunta, começava-se a responder, mas alguém queria acrescentar algo ou mudar de assunto. No ar leve, solar, que enchia a sala, que se respirava com facilidade, essas conversas eram descomplicadas, transparentes. O senhor Rui ria com a brincadeira das pequeninas e desautorizava qualquer ralhete dos pais. Também eles já tinham sido assim. Há bem pouco tempo, também o neto Ivan tinha sido assim.

Logo a seguir, em algum momento, chegaram todos os outros, pontuais, a casa a encher-se. O senhor Rui perdeu o conto da ordem com que chegaram, vinham de todos os lados, netos e mulheres, crianças, o filho João Manuel com a mulher e a filha, todos a darem-lhe os parabéns. Cada um teve o seu momento, a sua vez, mas chegavam outros, chamavam a atenção do senhor Rui,

pediam-lhe que se virasse e, por isso, começaram a nascer conversas paralelas, entre primos, entre tios e sobrinhos, irmãos que precisavam de dizer alguma coisa um ao outro naquele momento.
A casa estava incrivelmente iluminada.
E alguém se queixava de não terem ido direto para lá, mas outro contrariava logo essa ideia, deviam ir juntos, chegar ao mesmo tempo. O queixoso foi para argumentar, mas não chegou a falar, estavam todos ali, não faltava ninguém, e algum deles, talvez o neto Rui Miguel, olhou para o relógio e avisou que estava na hora, era melhor irem andando. Temos tempo, disse o senhor Rui, enquanto reparava nas crianças, bem-vestidas, indiferentes à organização dos adultos, desconhecedoras de preocupações, e, logo a seguir, reparando na mulher, Alice, feliz, brilhante.
Dirigiram-se para a rua e distribuíram-se, ramificaram-se: filhos, netos e bisnetos que possuíam as suas vidas. Na rua, batiam as portas dos automóveis. O senhor Rui acompanhava a mulher, ao seu ritmo. No interior dos carros, todos esperavam por eles para seguirem em fila. O motorista esperava ao lado do portão aberto. Sim, tinham tempo.

Não me trate por doutor, eu não sou doutor, respondo-lhe.
O homem que não é de Campo Maior recolhe o olhar, faz desaparecer o rosto, fica envergonhado, humildade analfabeta, sentido subalterno. Não me ofendo com enganos desta qualidade, mas a reação do homem obriga-me a fazer-lhe ver que não preciso de ser doutor. Não sou menos, não me sinto menos e tenho a certeza absoluta de que também ele não deve sentir-se menos.
Conheço suficientes doutores para saber que não existe aí nenhum significado automático. Há doutores de todos os feitios: desde o mais evoluído até a maior besta quadrada. Anos de estudo para desenvolver uma perceção apurada, um saber estar, e

logo ao lado, na mesma sala de Coimbra, anos de estudo para ser uma real besta quadrada.

Não sei por que razão me lembro agora deste encontro. Essa não foi a primeira vez que alguém me chamou doutor, também não foi a última.

Não me trate por doutor, digo-lhe. Tenho gosto em afirmar-lhe que não sou doutor. Lembro-me do meu pai.

Estamos no estacionamento da sede, acabei de chegar da câmara. Que horas são?, umas onze da manhã, provavelmente. Assim que fechei a porta do automóvel, tinha este homem à espera, não é de Campo Maior, quer pedir-me alguma coisa, talvez apoio para uma associação, um rancho folclórico, uma sociedade columbófila, ou talvez um caso concreto, uma desgraça ou uma necessidade normal da vida, talvez um emprego para ele ou para um dos seus, um filho, uma filha, um enteado. Este homem parece ter mais ou menos a minha idade, cinquenta anos. Quero deixá-lo à vontade. Que me olhe de frente e peça o que trazia na ideia. Já não estamos em tempo desta subserviência, desta vergonha. Eu não sou doutor, digo-lhe com voz limpa. E lembro-me do meu pai, orgulhoso.

A missa ia já adiantada, as crianças estavam inquietas nas cadeiras de pau. A voz do padre, envolvida pelo seu próprio eco, criava uma cadência, possuía arquitetura e ornamentação, era comparável à própria igreja. As colunas que sustentavam a altura do teto pareciam existir também na voz do padre, no que dizia e na maneira como falava. Colunas de pedra limpa e radiosa, polida pelo clarão branco que atravessava as vidraças e que, num caudal oblíquo, jorrava apontado ao chão, a túmulos de padres antigos. De repente, irrompia uma nota no órgão, nota sustentada e, logo a seguir, entrava o coro. Esse arrebatamento ressoava no interior do peito e, então, podia acontecer que toda a gente se erguesse em sentido. O senhor Rui reagia sempre com algum atraso, porque era apanhado de surpresa nessa regra coletiva e porque os joelhos não lhe permitiam respostas automáticas.

Procurou uma imagem precisa da última vez que tinha ido à missa ao domingo, mas não conseguiu encontrá-la. Casou-se naquela igreja, olhou para a mulher quando essa lembrança lhe cruzou o pensamento, Alice, assistiu a muitos outros casamentos, batizou os filhos e toda a prole, foi padrinho de inúmeros afilhados, esteve em mil missas de sétimo dia, que são missas de outra qualidade, incomparáveis, mas a razão para estar ali tinha sido o convite insistente do padre, fez muita questão.

Quando toda a gente se ajoelhava, o senhor Rui acompanhava a mulher e, bem-postos, mantinham-se sentados, com os rostos fixos num ponto. Se toda a gente começava a cantar, uns a ler de pequenos missais, outros com a lição decorada, o senhor Rui não tentava mexer os lábios, assumia o desconhecimento e o ligeiro desconforto dessa situação. No altar, o padre e os dois sacristães iam trocando sinais ou objetos, como numa dança. No topo de castiçais, frágil, a chama das velas lutava com o oxigénio e com a fragilidade do instante.

O senhor Rui sentia a família a rodeá-lo. Ocupavam cinco ou seis filas de cadeiras corridas, não quis voltar-se para trás e confirmar esse número, bastava-lhe a perceção de estarem juntos. Formavam um bloco sólido, apesar das diferenças, estes com certo feitio, aqueles com outro feitio, cada um com a sua vida, cada um com a sua idade, homens e mulheres, crianças e quase adolescentes. Conforme peças a constituírem uma obra. O senhor Rui sabia olhar para cada um, rostos individuais, mas ali, naquela hora, compreendia a unidade a que pertenciam e sentia-se no centro dela, alimentado por essa força.

E houve uma passagem, uma fronteira que foi atravessada.

Não mudaram apenas as palavras, mudou o tom com que o padre se dirigia à assistência, como se tivesse reparado de repente nas pessoas que tinha à frente, como se as tivesse reconhecido por fim. Tornou-se mais descontraído, as palavras perderam a rigidez. Começou por divagar sobre a generosidade, dever cristão, deu exemplos da Bíblia, evangelhos tal e tal, capítulo e versículo, mas acabou por regressar à história que queria relatar. E, como começou a ser expectável, concretizou: temos entre nós alguém, e adicionou adjetivos. Toda a gente entendeu que estava a referir-se ao senhor Rui, ao comendador.

Mas o padre acabou mesmo por referir o nome, também o apelido. Para quem não soubesse, deu a informação do aniversário, noventa anos, de 1931 a 2021. O senhor Rui sentiu os olhares sobre si. Com essa carga, teve de manter o sensível equilíbrio entre o sorriso de simpatia, o respeito pelo lugar e pela situação, assim como a necessária modéstia. Enquanto isso, o padre discorreu sobre a gratidão e, em nome da paróquia, em nome de muita gente, agradeceu-lhe.

O senhor Rui aceitou essas palavras, mas não as interiorizou completamente, chegaram só até certo ponto, preferiu assim. Em vez disso, reparou nos filhos, netos e bisnetos a escutarem essas palavras. Quis acreditar que havia ali alguma utilidade, uma lição.

Inclino-me sobre o meu tio Joaquim para que me escute melhor. Pede para lhe contar outra vez o que aconteceu, pede para lhe repetir o nome dos governantes com que estive e a consideração que demonstraram por mim ou, como prefiro dizer, pela gente. Meu tio, nada disto sou só eu.

Reconheço-o nesse rosto envelhecido. Estamos na sua casa de velho, sentados frente a frente. Tenho quarenta e tal, quase cinquenta anos. Depois de lhe voltar a contar o que aconteceu, é ele que repete algumas partes dessa descrição, impressionado com o seu sobrinho Rui, orgulhoso. Sei que não vou tê-lo durante muito mais tempo. Quero contar-lhe outra vez o que aconteceu, meu tio, e mais outra vez, para que saiba o orgulho que tenho em si.

Diante de toda a gente, o padre desejou-lhe longa vida.
Lembrou-se da igreja vazia, o altar em silêncio, o rosto piedoso da Nossa Senhora da Expectação. Pareceu-lhe que, quando era pequeno, aquela imagem no altar possuía outra nitidez. Os seus noventa anos eram curtos em comparação com o tempo que aquela figura guardava. Poderia a memória limpar? Tantas vezes acusada de sombra, poderia a memória esclarecer? Nossa Senhora da Expectação, grávida de tudo, mãe da esperança.
Terminaram as palavras. Quando o padre concluiu a homilia, uma parte das pessoas achou que devia aplaudir, mas estavam na igreja, lugar de sussurros e, por isso, aplaudiram devagar, a abrandarem o choque das mãos, quase só o gesto. Mas o padre deu o exemplo, podem aplaudir. O senhor Rui sorriu em todas as direções.
O eco desses aplausos continuou, implícito no silêncio, debaixo das restantes palavras. Enquanto ribombava a récita do credo, como se estivesse a ser declamada por um exército, Alice apertou o braço do marido, velhos namorados.
Quando chegou o momento da comunhão, o coro destapou uma cantoria. O senhor Rui teve de levantar-se e, diante do seu lugar, teve de ficar de pé, a agradecer os parabéns de pessoas que, a caminho da fila estendida no corredor central, o queriam cumprimentar.

O cheiro do whisky deles, depois do café, as chávenas de café vazias, frias, o resto do café seco de encontro às paredes interiores da chávena, o desenho do caminho que fez até à borda, onde estavam os lábios. Mas agora, o cheiro do whisky, chocalhado com cubos de gelo durante silêncios, pausas. É preciso pensar. Para encontrar as palavras certas, é preciso pensar antes de propor, e é preciso pensar antes de responder, para ser capaz de não dizer nada, adiar o sim ou o não. Neste caso, o não. Desde o início que soube que essa era a resposta. Desde que o meu João Manuel me contou que os homens queriam almoçar com a gente.

São grandes empresas, multinacionais, dominam muito mundo. Não há uma pessoa, ou uma família, que seja capaz de ter mão em empresas deste tamanho. São empresas maiores do que os humanos, cresceram, cresceram, cresceram, até se transformarem nestes monstros. Qualquer contacto que venha desses lados chama a atenção. Primeiro, perguntaram se estaríamos dispostos a um almoço. Depois, perguntaram quando seria oportuno. Há passos que têm de ser dados até chegar aqui.

Comprar tudo o que temos é comprar a nossa vida. Comprar a fábrica, os trabalhadores, os clientes, comprar a marca, comprar o nome, Delta, comprar as sacas de café armazenado e comprar os pacotes que estão neste momento a sair da linha de montagem, um, outro, outro, é comprar os anos que passámos a aprimorar cada detalhe, é comprar as madrugadas, comprar os dias longe de casa, comprar o trabalho e o sonho, tudo o que imaginei.

O número demora muito tempo a ser dito. O homem começa a dizê-lo e temos de esperar até entender aquela quantidade de zeros. E tenho costume de lidar com números, e estava à espera de um número parente deste. Ainda assim, quando o homem começa a dizer esse valor, o mundo à volta fica em silêncio e o número demora muito tempo a ser dito, é como um comboio a passar. Estamos num restaurante escolhido, numa sala onde pagamos por privacidade. Tenho setenta e tal anos, talvez setenta e três ou setenta e quatro anos. Tenho talvez setenta e quatro anos. Tenho quatro anos, sou uma criança de quatro anos. Estamos no quarto da nossa casa, a pouca distância da praça da República, ao fundo desta pequena travessa. O toque dos sinos atravessa as paredes da casa e mistura-se com a voz sussurrada do meu pai. Logo a seguir, a resposta também sussurrada da minha mãe, já no silêncio da noite. A respiração do meu irmão é profunda, adormeceu assim que tocou o colchão. A minha irmã Cremilde ainda se mexe, as suas pernas deslizam na fazenda dos lençóis. Toco as costas do meu pai com o ombro e toco o peito do meu irmão António com os joelhos. Pertenço aqui, entre o meu pai e o meu irmão. Noutras noites, se está frio, encaixo-me no conforto da minha mãe, a sua pele é macia, mãe macia. Nessas noites, o cheiro da minha mãe destaca-se entre o nosso aroma misturado, cheiro de pais e filhos, cheiro de família.

Cheiro do whisky deles, exalado pelo hálito, depois da oferta, milhões. Quem não souber o que é um milhão, experimente contar até um milhão. O meu João Manuel, na mesa, evita olhar para mim, poderíamos ter a tentação de exprimir alguma coisa com essa mirada. Depois do número, precisamos de silêncio, nem sequer um *pois*, nem sequer uma reação neste ou naquele sentido. Por fim, disseram o que tinham a dizer. Quando chegar a casa, hei de contar à minha mulher, está à espera, deixei-a com a mesma curiosidade que eu próprio tinha, expliquei-lhe essa curiosidade por alto, contagiei-a. É muito dinheiro, tanto. Não consigo evitar o contraste, chegam-me imagens do início, quando fundei a Delta, em 1961, ou o meu tio Joaquim, às voltas com os seus negócios e as suas invenções, ou o meu pai, a flutuar no passado, no verdadeiro início de tudo.

O meu pai adormece de uma vez, inspira e, logo depois, expira muito mais longamente. O meu sono é contínuo, limpo, bem acabado. No entanto, se desperto um pouco, no interior da noite ou, talvez, no interior da minha dormência de ter quatro anos, a descobrir ainda as minhas próprias impressões, surpreendido por ser eu próprio, sinto o conforto de partilhar este quarto com os meus pais e os meus irmãos, estamos aqui, uns com os outros. Mesmo quando a minha mãe se levanta de madrugada, é a primeira, logo seguida do meu pai, mesmo quando se levantam os meus irmãos e eu posso ficar um pouco mais, porque é essa a minha vida, quatro anos de menino, continuo a sentir esse conforto, está nos vincos dos lençóis, está no toque, cheiro e temperatura dos lençóis. Esse conforto é, talvez, a lembrança mais nítida deste tempo. Com quatro anos, tenho dúvidas que não me inquietam.

Não tenho dúvidas acerca da minha resposta, soube desde o início. Deixa ver o que os homens têm para dizer, disse ao meu filho, mas também ele sabia o que vou responder. Toda a gente sabe, menos estes homens. Não terminam o whisky, apenas lhe quiseram tomar o gosto, ardor na garganta para amenizar a seriedade do momento. Não lhes respondo já, não seria correto. Também a partir daqui, há passos que têm de ser dados. Em tempo, no prazo devido, com todos os salamaleques da linguagem comercial, receberão resposta. Ainda hoje, a minha mulher saberá o número que ofereceram, levará as mãos à cabeça, não são números deste mundo. Vai dar-me prazer essa admiração, ela saberá que me dá prazer. Então, como sempre, vai perguntar porque me dou ao trabalho de ouvi-los, de causar esse desassossego de ofertas, milhões, se não tenho qualquer intenção de aceitar. Hei de sorrir-lhe, e essa reação será suficiente.

Levantamo-nos. Os homens apertam um botão do casaco, arrastam as cadeiras atrás de si. Damos um aperto de mão por cordialidade. E recebo a conta, não os deixo pagar, sou eu que lhes pago o almoço a eles.

* * *

À porta da igreja matriz, acompanhado pela mulher, o senhor Rui recebia parabéns de todos os lados, estava rodeado de gente. Também os filhos e netos conversavam, espalhados no espaço, ajudavam a dar conta de tanta população. Lembra-se de mim? O senhor Rui não respondia logo. Mesmo quando se lembrava bem, deixava que as pessoas se apresentassem, deixava que dissessem quem eram. Todas as pessoas são alguém.

Aquela multidão parecia o mundo inteiro. Os sinos tocavam sobre o ajuntamento de pessoas animadas, era um domingo luminoso, sol brando, os sinos não paravam. Noventa anos, ouvia-se dizer no meio do bulício. Lembra-se de mim? Havia muita gente que queria agradecer ao senhor Rui, agradeciam-lhe por assuntos concretos, o filho, eles próprios, mas também por Campo Maior. O que tem feito pela nossa terra, repetiam esta expressão. O senhor Rui agradecia às pessoas que lhe agradeciam.

3.

A casa estava satisfeita, notava-se pela maneira como os objetos observavam a família. Nas prateleiras, os objetos eram olhos antigos que se encantavam com aquela reunião. O senhor Rui e a mulher estavam rodeados de um bom humor especial. Também o domingo contribuía para essa geometria, o tempo do domingo, as suas horas e minutos especialmente amplos, sorrisos esquecidos no rosto. Eram filhos e netos, alguns seguravam um copo por desporto, dava-lhes posição, outros tinham as mãos nos bolsos, outros deixavam-nas voar à frente do peito, gesticulavam. Alice afligia-se, pedia para se sentarem, apontava cadeiras, sofás, e contornava as conversas, levava um acompanhamento de noras, queriam ajudá-la, eram como um véu que flutuava à sua passagem. Alice ia ocupada com a confirmação de certos acabamentos do almoço. As empregadas dedicavam-se a tarefas correntes, não sabiam entender os pensamentos invisíveis da patroa. Observando a mulher à distância, alegrando-se com o entusiasmo que lhe identificava, o senhor Rui conseguiu estar sozinho numa área lateral da sala. Lembrou-se da Guerra Civil de Espanha. E reparou nos bisnetos, estavam divididos por idades: os pequenos e os maiorzinhos. Uns e outros possuíam os seus propósitos, lançavam-se nas suas demandas entre os adultos espalhados na sala, de pé sobre o tapete, organizados em grupos voláteis: todas as combinações possíveis de netos, filhos e noras. O senhor Rui apreciava este momento dos seus noventa anos, o número ainda o impressionava, havia de acostumar-se, como aconteceu com os oitenta, os setenta. Lembrou-se de ter cinquenta anos, abismado por ter cinquenta anos, a achar-se idoso, ingénuo. Lembrou-se da Guerra Civil de Espanha, outra vez, essas palavras pronunciadas pelo seu tio Joaquim.

O meu tio Joaquim pronuncia as palavras *Guerra Civil de Espanha*, é como se fossem apenas uma, como se não pudessem separar-se. Tenho sete anos e já ouvi falar muitas vezes de Espanha, mas não compreendo essa noção ao certo. Sei que algumas pessoas vão lá, sei que o meu tio vai lá, sei que é um lugar como aqui é um lugar, mas não tenho a noção exata da forma que as coisas têm lá. O meu tio explica-me a Guerra Civil de Espanha com exemplos portugueses, Campo Maior e Portalegre, por exemplo, Lisboa e Évora, vizinhos desavindos, até famílias divididas, irmãos a quererem matar-se uns aos outros. Será mesmo assim? Ouço o meu tio, tenho a boca aberta, os olhos desamparados. Toda essa informação me espanta, parece-me incrível. Não consigo imaginar o ódio que os espanhóis têm uns pelos outros, mas consigo imaginar o seu desespero.

A conversa começou porque contei ao meu tio uma parte daquilo que presenciei. Estava com o meu irmão António. Depois de jantar, saímos para o nosso quarto. Não preciso de explicar esse arranjo ao meu tio. Ele sabe que, antes, dormíamos todos juntos, a família inteira, mas as minhas irmãs estavam a crescer, estávamos todos a crescer e, à distância de um par de casas acima, o meu pai conseguiu mais espaço, um quarto. Por isso, todos os serões, depois de jantar, o meu irmão António e eu saímos de casa para nos dirigirmos ao nosso quarto. Foi nesse ponto, quando pousamos um pé na rua, que começámos a ouvir os gritos. O meu irmão, homenzinho de catorze anos, quis assomar-se à praça, dar conta do que estava a acontecer. Cumprimos meia dúzia de passos até essa esquina. O meu irmão, que sabe muito, quase tudo, percebeu logo o que era.

Eram espanhóis aos gritos no posto da polícia. Não chego a descrever ao meu tio o horror desses gritos, nasciam no fundo da garganta e rasgavam todos os nervos à sua passagem. Eram gritos que atravessavam o tijolo grosso e antigo, as paredes do posto da polícia e, através da noite, atravessavam os meus olhos assustados, a minha compreensão e a minha incompreensão. Havia muitas coisas terríveis que eu não conhecia. Descobri algumas ali, no interior daqueles gritos, um medo que eu não era capaz de aguentar. Com o mesmo pânico, apesar da idade e da sabedoria, o meu irmão puxou-me pelo braço e fugimos dos gritos, subimos a travessa, entrámos no quarto e, mesmo depois de terminarem, no silêncio, continuámos a escutar aqueles gritos.

Não preciso descrever esse choque ao meu tio Joaquim, ele sabe entendê-lo, assim são os homens. Estamos à porta da sua casa, sentados no poial. Às vezes, passa gente que lhe diz boa tarde, embora esteja quase a anoitecer, ele responde sempre com o dobro da amabilidade. E continua a explicação, o meu tio baixa a voz para pronunciar as palavras *Guerra Civil de Espanha*. São espanhóis que tentaram fugir de Espanha, conta-me. Eram espanhóis que tinham tentado fugir da guerra, mas que foram apanhados pela polícia e, por isso, iam ser entregues àqueles que os iam matar. Essa era a agonia dos seus gritos.

Tenho medo ainda, mas são quase horas de jantar. O meu tio Joaquim muda de assunto, faz-me uma pergunta sobre a escola, quer saber se gosto da escola. Ele já conhece a resposta mas,

mesmo assim, não me interrompe. E chega aquela linha do lusco-
-fusco em que, se cair um segundo para o lado de lá, é noite.
Prefiro evitar que a minha mãe se aborreça comigo, que ralhe.
Levanto-me para voltar a casa. O meu tio levanta-se também, diz
que me quer acompanhar.

O senhor Rui virou o rosto para o seu tio Joaquim, estava parado na sala, a pouca distância do João Manuel, será que conseguia reconhecer o sobrinho-neto? De certeza que sim, no rosto do filho do senhor Rui existia ainda muito do rosto que o tio Joaquim conheceu. Mas essa não era a principal dúvida naquele momento. Tantos anos depois de se terem despedido, o tio Joaquim estava ali, na sala do seu sobrinho Rui, rodeado por toda a família. Sem olharem na sua direção, continuavam a conviver: netos, irmãos ou primos uns dos outros, continuavam a trocar graças; as noras ajudavam a mulher do senhor Rui, ou participavam em conversas avulsas; as crianças estavam imperturbáveis no seu mundo; os filhos Helena e João Manuel mantinham a postura. Dando pequenos passos silenciosos sobre o tapete, o tio Joaquim girava a cabeça no pescoço e olhava para todos. Logo a seguir, dirigia a atenção ao sobrinho, que continuava a vê-lo.

Ficaram assim até o tio Joaquim se desvanecer na claridade.

Repentinos, sem que o senhor Rui se apercebesse de onde chegavam, o filho e o neto Rui Miguel aproximaram-se com um grande embrulho, cada um carregava de seu lado. Não aparentava peso, mas era grande, captava a atenção de todos. Por isso, carregavam também um súbito alvoroço. Sincronizaram movimentos e pousaram a caixa com cautela, organizaram a família que os acompanhava e beijaram o aniversariante à vez, por ordem, do mais velho para o mais novo: do filho João Manuel até os bisnetos, filhos do Rui Miguel. Parabéns, avô. E toda a gente queria saber o que estava dentro de uma caixa daquele tamanho, mas não faltava paciência ao senhor Rui, sabia que a espera também fazia parte da oferta. Rodeado por tantos cuidados, o senhor Rui emocionou-se, quase conseguiu disfarçar. E começou a abrir o embrulho. Os netos não entendiam por que não rasgava o papel de uma vez, mas o senhor Rui não entrava nessas minúcias de debate, tinha noventa anos.

Por fim, levantou a tampa da caixa e revelou o presente. Era consideração. O presente era a estima do filho, da Amélia, mulher do filho, do neto e da sua mulher, dos meninos, que já queriam ser crescidos e que, conforme o senhor Rui sabia, pouco faltava para que fossem. O presente era aquela companhia infinita, bem-querer permanente, aquela certeza que chegava desde um tempo anterior a todos eles, ancestral. O presente era a nascente, mas também era o caminho, a distância que faziam ainda, todos os dias, todos os dias, a distância que avançava no interior do nome. O senhor Rui voltou a abraçá-los, soube-lhe bem fechar os olhos durante esses abraços.

Logo a seguir ao pai e ao irmão, a Rita deu o seu presente. Depois, a Helena, querida filha, menina do senhor Rui, e os filhos da Helena, Marcos e Ivan, rapazes já casados, também entregaram os seus presentes. Em cada um deles houve a mesma antecipação, o mesmo alarido. Parecia que tinham todos a idade dos bisnetos. E realmente todos eles, já pais e avós, tinham tido a idade daquelas crianças. O senhor Rui e a mulher lembravam-se bem de cada um deles com a idade daquelas crianças.

Apesar dessa curiosidade exagerada, todos ofereceram o mesmo presente. Todos deram a mesma consideração, amizade absoluta, afeição desde o íntimo, desde a raiz mais profunda, desde a existência.

Alice estava a ver tudo isto, ciente, lúcida, mulher, mãe, avó, bisavó. Naquele instante, daquela vez, foi ela que se aproximou do senhor Rui e lhe deu o braço, foi ela que o amparou. Vamos para a mesa, ordenou com os seus modos gentis. E todos se organizaram num movimento conjunto, num fluxo. Era um domingo de sol, iluminado até os recantos mais ermos. O senhor Rui tinha noventa anos e, da mesma maneira, todos tinham uma idade. Diante do tempo, como diante do universo, aquele era um domingo para nunca mais ser esquecido. A mesa esperava-os, posta com primor, todos os lugares, mesa completa e perfeita.

4.

Em todos os momentos, com noventa anos, o senhor Rui sabia que, lá fora, existia Campo Maior. Passavam carros ocasionais nos paralelos de granito da avenida Calouste Gulbenkian e, de vez em quando, avançava gente nos passeios. Viúvas cansavam--se dos programas de televisão de domingo e, sozinhas em casa, vigiavam a rua pelo postigo, espreitavam suspeitas. Vista a partir das muralhas do castelo, a vila era sólida e imaterial ao mesmo tempo, composta por tijolos, cal, telhas e memória: tudo o que cada campomaiorense conseguia recordar e, também, uma lembrança ainda mais profunda, a condensação translúcida de tudo a que os antigos ali tinham assistido e recordado, um segredo para sempre. Ainda lá do alto, depois da última casa, os montes ao fundo já eram Espanha e, depois ainda, as escalas na cor do céu até ao horizonte. Em todos os momentos, com dez anos, sei que, lá fora, existe Campo Maior. A praça da República está cheia a esta hora de domingo, mulheres a guardarem as filhas, homens a comentarem algum caso da vila, penteados, barbas feitas, as melhores roupas daqueles que podem. E passa um bêbado já a cambalear, a ir ou a vir da taberna, começou cedo. Alguns rapazes da minha idade chegaram à praça, estão almoçados, têm guitas e piões, lançam-nos aos degraus do pelourinho, não temem o bico de ferro na pedra, não temem a faísca, são mestres da nicada. São rapazes de dez anos, como eu. Tenho dez anos. Campo Maior existe aqui, sobre a nossa mesa, no olhar do meu pai, da minha mãe, nas suas palavras e pensamentos. Se as minhas irmãs ou o meu irmão António rasgam um pedaço de pão, é Campo Maior que rasga um pedaço de pão. O senhor Rui tinha noventa anos, rasgou um pedaço de pão e levou-o à boca. Campo Maior existia ali, sobre a sua mesa, entre os seus. Reconhecia Campo Maior em qualquer palavra dita pelos netos, Marcos ou Rui Manuel, Rita ou Ivan, não importava as voltas que deram no mundo, os aviões que apanharam, a lonjura a que estiveram ou viessem a estar; também o filho e a filha, claro; e mesmo os bisnetos, crianças de uma idade que, embora poucos conseguissem imaginar, ele próprio já tinha tido. Os bisnetos sentados à mesa, comportamento razoável: uns tinham o tampo a chegar-lhes ao peito, outros levantavam o queixo para verem o prato, outros regalavam-se no colo das mães, o melhor assento que encontrarão na vida inteira. Tenho dez anos, já sou grande, não quero mais colo, acredito que não quero mais colo, a minha mãe está finalmente a almoçar. Enquanto todos terminam o que têm no prato, a minha mãe acabou de servir-se. É comer de domingo, carne da matança, ossos bem limpos, esculpidos com os dentes da frente, o óleo chupado da ponta dos dedos. A minha mãe põe-me mais um cubo de entrecosto no prato, põe um floco de toucinho frito no prato da minha irmã Clarisse.

  Campo Maior é a certeza de que estamos juntos. Atravessamos o tempo, como Campo Maior atravessa o tempo. As nossas vidas são comparáveis a estas ruas, mais compridas ou mais curtas, mais planas ou mais íngremes, enredadas, a fazerem parte de um único caminho, a terem o mesmo pertencimento. Habitamos Campo Maior da mesma maneira que somos habitados por Campo Maior.

Tenho dez anos e, por isso, conheço a vila inteira. Enquanto estamos aqui, há pessoas a subirem e a descerem ladeiras antigas, há carroças a passarem em ruas amplas, homens que seguram arreatas, há automóveis a circular, alguns, o brilho no cromado das jantes, mas nenhum deles é o automóvel do doutor porque, hoje, agora, o meu pai tem o direito de estar aqui. Hei de lembrar-me. Não duvido de que hei de lembrar-me. Lembrou-se do pai, a mesa do almoço de domingo. Alice olhava muitas vezes para o marido, acompanhava-o, compreendia-o. As empregadas trouxeram os pratinhos da sobremesa, endireitaram os talheres à frente dos comensais, pequena colher e pequeno garfo. Lá fora passavam carros ocasionais nos paralelos de granito da avenida Calouste Gulbenkian, nenhum deles era o automóvel do doutor, conduzido pelo pai do senhor Rui. Sentia o olhar da mulher, mas manteve o rosto apontado noutra direção, seguiu quem estava a falar, até o momento escolhido em que cruzou o olhar com a mulher. Sim, compreendiam-se. Chegou a sobremesa e, de repente, as crianças interessaram-se. Primeiro, o avô, disse um dos netos, que recebeu a concordância dos restantes. Mas o senhor Rui quis que servissem os pequenos em primeiro lugar.

O meu pai oferece-me uma fatia da maçã que acabou de descascar, executou esse serviço com a navalha, cheio de paciência. As minhas irmãs também receberam maçã. O meu irmão António não reparou nessa distribuição, deve ter outros temas na ideia, talvez imagine alguma das moças que, a esta hora, já chegaram à praça, vêm para o passeio de domingo, bem guardadas. A minha mãe pousa os talheres sobre o prato vazio, faz tenção de levantar-se, mas o meu pai segura-lhe o pulso, quer que fiquemos juntos por mais um momento. Há silêncio bom, a companhia e a importância uns dos outros. Incentivado pelo domingo, começo a dizer alguma coisa, talvez alguma história da escola, não importa o assunto, desta vez não importa o assunto, conta muito mais que, neste instante, estamos juntos, tenho a atenção do meu pai, da minha mãe, das minhas irmãs e do meu irmão. Olham-me e escutam-me, estão fixos em cada palavra que digo. Estamos juntos. Sem parar de falar, satisfeito e criança, baixo o olhar sobre as minhas mãos de dez anos.

Quando o senhor Rui levantou o olhar das mãos de noventa anos, a pele engelhada e as veias nas costas das mãos, tinha todos à sua frente: os filhos, os netos, as noras, os bisnetos. E o pai, a mãe, as irmãs e o irmão. Como um milagre. Os filhos, os netos, as noras e os bisnetos estavam sentados à mesa, atentos, fixos em cada palavra que o senhor Rui dizia. O pai, a mãe, as irmãs e o irmão estavam atrás, de pé, a pouca distância, admirados com a sua situação, os olhos cheios de dúvidas. O senhor Rui rematou o que dizia, alguma coisa, talvez alguma história da fábrica, não importa o assunto, desta vez não importa o assunto. Logo a seguir, um dos netos deu continuidade às palavras do avô, manteve a fluidez do discurso. O senhor Rui deixou de ouvir esse neto quando começou a escutar o pai, a mãe e os irmãos. A sua presença tranquilizava-os, olhavam para o filho e irmão Rui à procura de respostas, mas ele não conseguia protegê-los completamente do medo, talvez certas respostas não existissem. Os pais e os irmãos do senhor Rui não ouviam a mesa de filhos e netos, da mesma forma que estes não os ouviam a eles, existiam em silêncios diferentes. O senhor Rui estava entre os dois, era a ligação que os unia, o senhor Rui era como um fio, uma linha. As palavras que iniciara, que foram continuadas por um neto, iam já na voz de outro neto, eram um rio frágil, um curso de água que contornava obstáculos e prosseguia. Os pais e os irmãos olhavam para aquela grande mesa de descendentes, mas não eram vistos por eles. Apenas o senhor Rui os via e ouvia no pensamento. Era também aí que os pais e os irmãos o ouviam. Foi no pensamento que ficaram a saber quem era cada um dos que estavam à mesa. Não precisaram de explicação, entenderam esse conhecimento a partir daquilo que o senhor Rui sabia. E os tios-avós eram muito mais novos do que os seus próprios sobrinhos-netos, tinham idade para ser filhos dos seus sobrinhos-bisnetos. O senhor Rui olhava para os pais e via-os mais novos do que os seus filhos. Em cada um, existiam todos os outros. Como um clarão, num momento, de uma vez, com súbito, profundo e absoluto sentido, o senhor Rui percebeu que tinha estado em todos aqueles pontos, tinha tido todas aquelas idades, tinha sido cada um deles. Seguindo a mesma certeza avassaladora, percebeu que, através dele, conversavam uns com os outros: ao longo dos anos, quando dizia alguma coisa ao filho, à filha, aos netos ou aos bisnetos, levava o pai e a mãe naquilo que dizia, levava os irmãos, o António, a Cremilde e a Clarisse; igualmente, quando falava com os pais e os irmãos, em todas as incontáveis vezes que falaram, levava já os filhos e toda a futura descendência. Em cada um, existiam todos os outros. Mas a roupa das irmãs, vestidos de fazenda grossa, as calças do pai e do irmão António, ásperas, a picarem as pernas, mas o avental da mãe. Lembrou-se do toque da fazenda, cinzenta, pobre e, no entanto, capricho de domingo, fazenda engomada pelo ferro de brasas, força rija da mãe. As roupas, todo o aspeto dos pais e dos irmãos pediam comparação com as roupas e o aspeto dos filhos e netos sentados à mesa. Como se estivessem cobertos por uma sombra, apesar do sol que iluminava a sala, eles próprios reparavam nessa diferença. E sobressaltaram-se com a entrada das empregadas, traziam bandejas de chávenas. O pai deu um salto silencioso, as irmãs agarraram-se à mãe para saírem do caminho dessas duas mulheres. Indiferentes à assistência invisível que as vigiava, as empregadas serviram café aos adultos da mesa.

E saíram, deixando apenas esse cheiro, conforto morno. O pai do senhor Rui sentiu esse cheiro, mas não disse nada. A mãe, as irmãs e o irmão do senhor Rui sentiram esse cheiro, mas não disseram nada. Tinham modos diferentes. Estavam ali, mas eram de outro tempo. Queridos pai, mãe, Cremilde, António, meu irmão, querida Clarisse. Ainda iam passar por tanto. O senhor Rui olhava--os e lembrava o sofrimento a que assistiu em cada um, ainda iam passar por tanto: cada um diante de um abismo, sozinhos perante uma escuridão imensa. Era o domingo dos seus noventa anos. Naquele momento, o senhor Rui percebia com muita certeza que estavam ali, tinha-os ali mais uma vez, o rosto da mãe, ainda nova, o pai, cada segundo precioso, o irmão, o irmão António com aquela idade, e as irmãs, as manas juntas. Ao mesmo tempo, sabia que ia perdê-los. Já os tinha perdido, conhecia essa dor, e sabia que era inevitável voltar a perdê-los. Mas estavam ali. Naquele momento, estavam ali. Enquanto os filhos, as noras, os netos seguravam as chávenas de café diante de si, o senhor Rui apercebeu-se da forma como a luz começava a desgastar os pais e os irmãos, feições transparentes, atravessadas pela claridade. Minha mãe, poder dirigir-me a si, alívio da asfixia de não a encontrar no mundo, mágoa de ninguém ter esse rosto, essa paz, bem-querer infinito; pai, meu pai, não se aflija, serei a sua modesta vaidade, seu filho completo; Clarisse, nossa menina, não tenhas medo, dá-me a mão; Cremilde, pequena mãe, a tomares conta de todos nós, sinto muito por ti; António, procuro a tua amizade em tudo o que toco, preciso ainda de ser irmão. Mas a luz era irreversível, imparável, avançava, avançava. Por fim, percebia-se que possuía esse sentido desde sempre, caminho em constante progressão desde o primeiro início. A luz transformava-se em ar ou talvez o ar se transformasse em luz, misturavam-se com o tempo. Era assim que a luz atravessava os irmãos do senhor Rui: as meninas a olharem-no, magoadas, e o irmão António, a fazer-se de forte, mas também ele cada vez mais translúcido, as imagens que estavam atrás, decoração, a distinguirem-se através dele. À mesa, todos os filhos do senhor Rui, todas as gradações de filhos do senhor Rui, com o café terminado, apenas as conversas, o ânimo daquele dia. As noras, mulheres dos netos, deixaram as crianças sair da mesa. Levavam pressa dessa liberdade, saíram com ganas de correr. Tanto os adultos como as crianças continuaram sem dar por aqueles que estavam de pé, cada vez mais ténues, diluídos na claridade. O senhor Rui olhou para o pai, distinguiu-o e, nesses últimos instantes, despediu-se em silêncio, meu pai. Também a mãe, o rosto da mãe ainda ali, a realidade daquela presença, e o seu nome dito pela mãe, o meu Rui; sim, mãe, sou o seu Rui. E também o irmão, também as irmãs desapareceram na luz.

Essa dor. Alice estava fixa no marido. Entre a existência sonora da mesa cheia de gente, quando o senhor Rui tocou no olhar da mulher, percebeu imediatamente que também ela tinha assistido a tudo. Estavam juntos desde sempre e para sempre. À distância, foi como se a mulher do senhor Rui estivesse ao seu lado. E durou um momento: de repente, estou com a minha mulher na sala da quarta classe, o professor e os colegas não nos estranham. Discretamente, só nós nos surpreendemos por sermos um homem e uma mulher entre crianças, eu com noventa, ela com oitenta e nove anos. E, no entanto, não nos custa dobrar os joelhos nestas carteiras. Estamos na mesma sala de aula porque temos um professor evoluído, que não divide rapazes e raparigas. Esse professor fala e, às vezes, escreve palavras ou números no quadro. Gostamos de revê-lo mas, sobretudo, apreciamos este descanso, tanto mundo por concretizar-se, a serenidade de uma tarde anónima no calendário, e, ainda assim, tão concreta, presente.

Os filhos João António e Helena, os netos, as noras, mulheres que se juntaram à família, que escolheram participar naquela mesa, e os bisnetos, corredores, crianças em algum lugar, prontos a interessar-se por assuntos só seus. O senhor Rui observou-os ali, juntos no seu aniversário. Já mostravam alguma impaciência, demasiado tempo sentados à mesa, fatos a contrariar articulações, vestidos que agradeciam a posição vertical. Nesse momento, a mulher do senhor Rui chamou a atenção de todos, queria dizer algumas palavras. Fez-se silêncio total porque não era costume. A mãe, avó, bisavó Alice tinha alguma coisa importante para dizer. Então, muito séria, pediu a todos para não esquecerem. Pediu para olharem para aquela vida, noventa anos, e não esquecerem. Depois, disse que já eram muitos anos, noventa, era bom que pensasse em descansar um bocadinho. Neste ponto, quando todos sorriram, festa de filhos, Alice levantou-se, afastou a cadeira e começou a dirigir-se ao marido. O senhor Rui, mal identificou essa intenção, levantou-se também e foi ao encontro dela. Cruzaram-me a meio do trajeto, mais ou menos. Os filhos, os netos e os bisnetos assistiram a esse carinho.

    O aniversariante foi levado por Alice à cozinha, cumprimentou as pessoas que fizeram o almoço, contratadas pelo cuidado e bom gosto da Amélia, nora, mulher do João Manuel. No regresso, encontraram toda a gente levantada. Alice agradeceu a Amélia, deu-lhe as duas mãos para fortalecer esse gesto. O senhor Rui ouviu, estava mesmo ao lado, pousou a mão sobre o braço da nora, e foi Amélia que agradeceu a consideração do sogro.

    O senhor Rui ia a caminho do casaco. Lembrou-se dos arredores de Luanda. Está na hora, disse um dos netos, talvez a Rita, a neta. Os automóveis estavam lá fora, prontos a avançar pelos paralelos de granito da avenida Calouste Gulbenkian, pela vila de Campo Maior naquele domingo, coluna de carros em direção ao lugar onde já os esperavam.

5.

Os arredores de Luanda estão nublados. O mundo está coberto por um céu esculpido, relevo de pedra que se estende na distância e escurece a terra, escurece o castanho avermelhado. Também o mato na berma da estrada é mais pardo, também as barracas lá além, também os cães sozinhos ou em matilha, animais sem destino, a farejarem qualquer desconfiança de alimento. Não está frio, levamos as janelas do automóvel abertas porque queremos receber este ar, temos as camisas desabotoadas até meio do peito. O homem da empresa de exportação de café tem um sobrenome comum, chega a ser demasiado português. Levanta as mãos do volante para gesticular a sua bazófia, tudo são piadas, transpira, possui manha sobre Angola, diz que presenciou muita história, fala dos brancos que saíram apavorados, fala de qualquer assunto que lhe passe pelo juízo. Vou em silêncio no banco do lado, reparo nas transições do motor quando carrega na embraiagem e puxa uma mudança no manípulo. Ouço as suas teorias, deixo-o falar.

Desta vez, estou em Angola há vários meses, negócio de

grande monta. As pessoas têm medo de 1975. Estavam todos a sair daqui e eu a vir para cá. Conheço bem o caminho entre Lisboa e Luanda. Antes, quase há dez anos, precisei de ver com a nitidez dos meus olhos, precisei de saber se estava a ser enganado. Não podia ficar dependente de comissionistas, a responderem a todas as perguntas consoante a sua própria conveniência. Não é a lonjura que impede as pessoas de irem aos lugares, é a cabeça.

    Este homem fala, tem um fio de prata colado à pele do peito e, de repente, o embate. O rapaz aparece na frente do automóvel, o seu corpo é todo feito de braços e de pernas. Depois do estrondo da chapa, há a confusão dos braços e das pernas, o corpo enrolado a avançar sobre o capô e o para-brisas, o travão a fundo. Quando o carro se imobiliza, o silêncio é terrível, dura um segundo. O homem está aterrorizado, não quer ouvir quando lhe digo para irmos ver, mas abro a porta, não espero. O rapaz está caído lá ao fundo. Começo a caminhar, passos seguidos e uniformes. Não sei que idade tem, este rapaz é um menino, não se mexe. O homem da empresa de exportação está a meio caminho entre o corpo caído e o automóvel, mal estacionado. Há outras crianças, o espanto de outras crianças, há barracas na paisagem, algumas quase à beira da estrada, há árvores gastas, há galinhas e pintos. O homem diz-me para irmos embora, diz que eles nos vão matar. Respondo-lhe que não vamos embora.

    Certas mulheres chegam já a uivar, dão dimensão a esta tragédia, uma criança deitada na estrada, imóvel, cada vez mais pessoas à volta, toda a gente quer participar no acontecimento. Chegam sombras a correr desde o musseque, ocupam toda a distância, saltam na ondulação da terra. A sentir todos os olhares que nos rodeiam, em pânico, o homem sussurra-me ao ouvido para irmos embora, eles vão matar-nos, eles vão matar-nos. Respondo-lhe que não: não vamos embora e não, eles não nos vão matar.

* * *

    Rodeado por olhares e vozes, o senhor Rui reparava naqueles que faltavam, os que tinham ficado pelo caminho. Havia um cansaço a doer-lhe em certos pontos da fisionomia. Da mesma maneira que se habituara a todos os que faleceram, habituara-se a essas mazelas. Tal como houve um dia em que recebeu a notícia da morte de um amigo, de um familiar, de alguém com quem cresceu, cada uma dessas dores apareceu num dia específico. Sobreviver é habituar-se. Mas há momentos em que, por qualquer motivo, as moléstias dão sinal, deixam de poder ser ignoradas. Rodeado por tanta gente, o senhor Rui constatou, com nitidez, que ser o mais velho é assistir à morte de todos aqueles com quem se cresceu.
    Logo à saída do automóvel, diante do Centro de Ciência do Café, havia quem o esperasse, queriam ser os primeiros. Tiveram de esperar um pouco mais, o senhor Rui precisou de prestar auxílio à mulher. Só depois começou a aceitar parabéns, muito obrigado. Os netos estacionaram os seus carros e, a partir de diferentes posições, também entraram pela multidão, eram embaixadores do aniversariante. Às vezes, o senhor Rui precisava de um intervalo para explicar à mulher quem estava a interpelá-los, Alice não tinha a mesma convivência com todos. A maioria era funcionário, usava-se agora a palavra *colaboradores*. O senhor Rui recordava-os de diferentes épocas, com outros penteados. Muitos eram clientes, vindos de diferentes lugares, portugueses ou espanhóis, dezenas ou centenas de quilómetros a contar para um ou outro lado da fronteira, gente com quem estabelecera uma ligação, uma palavra, um golpe de confiança. Alguns tinham trazido as famílias, todos faziam questão de estar ali. Ainda na rua, sob aquela claridade de março, o senhor Rui avançava com a mulher no sentido da porta do Centro de Ciência do Café. A pouco e

pouco, entre um grupo de pessoas e o seguinte, recebia parabéns e memórias fortuitas, inesperadas, sortido de idades e lugares. O senhor Rui sorria exatamente como se apenas estivesse a sorrir, essa leveza, mas levava também a constatação do tempo, os tais noventa anos. E explicou à mulher quem era o avô daquele homem. Lembrou-se dos três empregados, ainda a Delta não era Delta, apenas faltavam papéis, 1961.

Estão atarefados, sem parança, há muito por fazer. Na mercearia, um dos empregados deixa de arrumar caixotes quando entram fregueses. Sobre o balcão, faz as somas num canto do papel de embrulho, dá-lhes o troco e volta logo aos arrumos, no chão ou em cima do escadote. Os outros dois empregados andam comigo às voltas no barracão, será aqui que havemos de torrar café. O meu irmão António não está contente, diz que vou fazer concorrência à família. Calma, há mundo que chegue para todos. Entre família, nunca existe concorrência. Vão ser duas cabeças a puxar para o mesmo lado, cada uma com seu trilho. Preciso de largueza, não quero pedir licença para dar um passo, e licença para mais outro, quase nada se avança assim. Na primeira conversa que tive com cada um dos três empregados, nenhum estranhou a oferta, não duvidaram. Ofereci-lhes emprego e, apesar da diferença de idades, perceberam do que se tratava, aceitaram logo. Conhecemo-nos na fronteira, são aposentados da guarda fiscal. E têm bons braços. Estes homens de quase setenta anos, mais do dobro da minha idade, não se amedrontam com carregos. Às vezes, parece que somos da mesma criação.

Desde o princípio da jorna, não largam o serviço. Todos os dias, à hora do almoço, a filha de um deles chega com o farnel e com o filho pequeno. O avô aproveita para fazer-lhe festas, vaidoso deste cachopinho que gargalha. Corre como um boneco de corda, não deve ter mais do que dois anos. A gente ri-se com a risota do menino.

Alice entendeu a explicação, aquele homem era o neto de um dos velhos que trabalharam nos começos da Delta, era neto de um dos três, não chegou a perceber de qual. Sim, senhor, muito gosto, disse a mulher do senhor Rui e, moderadamente, puxou o marido. Se queriam chegar ao Centro de Ciência do Café, entrar debaixo de telha, não podiam parar a cada instante.

Conseguiram, atravessaram a porta e ficaram envolvidos pelo eco de centenas de vozes. Essa multidão impactava. Havia muito mais gente lá dentro do que na rua, homens e mulheres de indumentária completa. Com noventa anos, o senhor Rui estava rodeado pela sua vida.

Já sou capaz de ver o navio a partir, o momento em que começar a afastar-se do porto, toneladas e toneladas de aço, algumas toneladas também de café, a tripulação. Hei de ficar a vê-lo afastar-se, ao lado de companheiros angolanos que, sem sucesso, tentarão imaginar Lisboa. Durante dias e noites de oceano, este gigante a vogar lentamente, seguro. Então, hei de dirigir-me ao aeroporto de Luanda com a mala e tudo o que for capaz de lembrar, a memória também pesa. Hei de subir as escadas do avião e, entre fumo de cigarros e chávenas de mau café, com a paisagem redonda da janelinha sobre as nuvens ou sobre o mundo, enorme e pequeno, lá embaixo, com o zumbido constante do avião, chegarei a Lisboa. Então, no outro lado deste mar, estarei a receber o navio, este navio e, no entanto, já outro, transformado pela viagem: reencontro de velhos amigos.

Mas isso será depois. Agora, ainda estou aqui, no interior destes meses em Luanda, com algumas visitas rápidas à província de Cuanza Sul, que não chegaram para me desenfrascar. Aqui, ao lado deste navio, como ao lado de um prédio altíssimo, depois de ter estado no seu interior, tenho noção completa do empreendimento: não apenas o que paguei, cinquenta por cento antecipado aos armadores gregos do barco, a mão de obra da torra e do carrego, mas também o futuro que aqui nasce.

A burocracia é um idioma sem nação, estrangeiro para toda a gente, ninguém nasce com esse entendimento, faz sempre falta aprendê-lo, estudar-lhe a gramática. Por isso, não bastou montar uma pequena fábrica, não bastou negociar o café, entender de café, negociar o porto, os guindastes e o barco, óleo e salitre colado às paredes de aço pintado, não bastou negociar os homens, suor grosso a escorrer pelas costas, foi também preciso decifrar a burocracia. Por isso, cumprindo decretos, tive de montar a tal pequena fábrica. Cada um destes grãos de café apenas tem autorização para deixar o país à meia torra. Fiz o obrigatório e o necessário.

Estavam todos a sair daqui e eu a vir para cá. Não tenho medo de falar com qualquer pessoa, como não tenho medo de 1975. Cheguei aos musseques e encontrei homens que queriam trabalhar, a agarrarem-me de um lado e de outro, patrão, patrão. Depois de cruzarmos os olhos, marquei hora e lugar com uma grande parte deles.

Somos pessoas. Estive nos musseques sempre que foi preciso, assim se encheu este navio de café. É por isso que nunca pensei em ir-me embora. Somos pessoas. Ninguém me fez mal nos musseques. O outro implorava para irmos embora, para fugirmos, mas nunca pensei em ir-me embora. Em vez disso, tentei ajudar a resolver a situação, sem contar com o que nunca poderá ser remediado, uma criança que teria sido um homem, uma vida completa, sobre a qual talvez se pudesse escrever um livro.

Não precisava de levantar o olhar, prescindia dessa fraqueza. Se o fizesse, encontraria o teto, construção competente, bom acabamento, e não o céu que recordava: imagem grandiosa das noites do passado, sobre todos os espantos, negro de lua nova. Mesmo sem olhar, acreditava que conseguia identificar a localização precisa da estrela. Seria capaz de desenrolar as voltas que deu desde que entrou no Centro de Ciência do Café, entre parabéns, e conseguiria indicar a estrela. Essa lição antiga do tio ficara gravada, jamais poderia ser apagada. Era um mapa permanente, estava lá até quando não o conseguia ver, ou porque brilhava a luz diurna, ou porque um teto como aquele a tapava. A estrela que o tio lhe apontou estava naquela posição na véspera do nascimento do senhor Rui, em 1931, quando tudo se preparava para acontecer, os anos, as escolhas e os acontecimentos, como uma avalanche à beira de se lançar. Da mesma maneira, a estrela estaria lá no dia a seguir ao seu falecimento, sentinela sobre o mundo, as ruas de Campo Maior habitadas por um novo silêncio.

Precisou de mudar de assunto. Lembrou-se do Mário Soares. Quando toda a gente se virou para o palanque e o filho João Manuel iniciou o discurso, o senhor Rui teve ocasião de olhar para a plateia que tinha diante de si e pensar. Com as mãos juntas à frente, sério, lançava os olhos a pairar sobre a multidão, deixava-os fixarem-se às vezes, escolhia um rosto. Em cada uma daquelas pessoas tinham nascido consequências. Apanhava algumas palavras do discurso do filho, ambição, gratidão, o meu pai, família, mas aproveitava aqueles minutos para sossegar. Era uma casa inteira cheia de gente, uma amostra de noventa anos, todos os dias, rostos sem data, gerações de trabalhadores, de pessoas que encontrava, gerações de clientes. Perante o microfone, o João Manuel sabia fechar o discurso. Os aplausos foram corretos. O pai e o filho abraçaram-se à frente de toda a gente, como dois homens.

Chegou a sua vez. O senhor Rui não precisou de pôr os óculos, sabia de cor o que tinha para dizer, queria incentivar aquela gente, todo o mundo. *Realmente*, quando chegava a pontos em que precisava de escolher as palavras que iria usar a seguir, pronunciava um *realmente*. O tempo dessas sílabas era suficiente para engendrar a próxima ideia. Num instante, numa fração, fundiam-se conceitos, vontades e lembranças. Lembrou-se do Mário Soares.

À distância, o Mário Soares distingue-me logo. Olhou para mim até antes de o apresentador referir o meu nome completo, apelidos solenes numa voz tão colocada como esta. Tento levantar-me com elegância, dar cada passo com elegância, este é o momento em que estão todas as atenções sobre mim, lentes de máquinas e gente importante neste país. Amigo de sorrir, como eu, o Mário Soares está no fim do caminho que me espera. E estamos frente a frente, 1995, junho, dia de Portugal, militares com fardamento de cerimónia, de marechal e general para cima. O Mário Soares tira a medalha do veludo, está um homem a segurar a caixa, rebiteso, articulações em ângulo reto. E prende-me a medalha na lapela do casaco. Quando apertamos a mão, já sou comendador, Ordem Civil do Mérito Agrícola, Industrial e Comercial. Em primeiro lugar, penso no meu tio Joaquim, não é uma escolha, surge de repente a maneira como ele me olhava quando estava inchado de orgulho. Logo depois, penso na minha mãe, no meu pai, a minha mulher, a quem dou a mão, Alice, o meu João Manuel e a minha Helena, que também estão por perto, penso nos cachopos, no Rui, na Rita, no Marcos e no Ivan, só não penso nos que ainda não nasceram. Está um dia bonito, um junho bonito, mas não sou capaz de pensar nos que ainda não nasceram.

O senhor Rui terminou o discurso a falar nos bisnetos, quietos por um instante, não demasiado enxovalhados da brincadeira, encostados às pernas das mães e dos pais, a família inteira a rodear as costas do senhor Rui, como se falasse por todos, *realmente*. Através de uma voz controleira, os aplausos transformaram-

-se num *Parabéns a você* em coro, todas aquelas pessoas, eco de eco, como uma trovoada, amplificação, todos juntos: *para o menino Rui*. Com noventa anos, debaixo de palmas, o menino Rui a soprar as velas. Mais palmas.

Enquanto um sistema de várias mãos distribuía fatias de bolo com grande eficiência, uma por segundo, o senhor Rui virava-se para todos os lados, a agradecer parabéns, desejos de muitos anos de vida, saúde, saúde, saúde.

A mulher apertou-lhe a mão, disse-lhe que tinham de ir para o auditório. O senhor Rui baixou o olhar sobre as suas mãos dadas, Alice.

Quando levanto o olhar das mãos, dez anos, tenho o meu pai, a minha mãe, o António, a Cremilde e a Clarisse a olharem para mim. Depois das palavras, neste silêncio, permanece a atenção com que me escutaram. A mesa de domingo preserva os restos do nosso almoço, cascas da maçã que o meu pai descascou, ossos, migalhas de pão. Os objetos e as sombras estão tão imóveis como nós, ocupam este momento, existem neste momento como nós ou, com mais precisão, somos nós que existimos neste momento como objetos e sombras. Eu: pai, mãe, António, Cremilde, Clarisse.

Na primeira fila do auditório, ao centro, o senhor Rui e a mulher. Partilhavam o braço de uma cadeira, a mão dele por cima da mão dela, Rui-Alice. Logo a seguir, a mão dela por cima da mão dele, Alice-Rui. Em redor, também na primeira fila ou logo atrás, na segunda, estavam filhos, netos, noras, bisnetos. Com todos os lugares do auditório ocupados, havia pessoas sentadas nos degraus e de pé, encostadas à parede. Chegou ao palco uma professora, anunciou o espetáculo das crianças do centro educativo. Levantou a voz para dizer as primeiras palavras sobre o burburinho da multidão, que se calou quase de repente. Esse silêncio agravou-lhe o nervosismo, reconhecível em hesitações e risinhos. Quando as luzes baixaram, duas ou três pessoas aproveitaram para tossir.

Começou a música, entraram as crianças. Vinham vestidas de igual, mais ou menos. Traziam sacas de juta com os movimentos de as carregarem cheias, embora estivessem vazias. Depois dessa coreografia, espécie de ginástica, escutou-se a voz de um menino a ler com boa entoação, contava a história do senhor Rui, também ele um menino, em Campo Maior, nos anos trinta do século XX, a praça da República. O senhor Rui achou engraçado que fosse necessário explicitar o século, como se houvesse dúvidas. Mas, logo a seguir, apercebeu-se de que era efetivamente necessário: todas aquelas crianças desconheciam esse século. Com o passar dos anos, iriam desconhecê-lo ainda mais. No entanto, ali eram crianças no palco, representavam o menino que ele próprio tinha sido, os companheiros que tivera. E sentiu o seu lugar na assistência, estou aqui. Existe a vida, mas o que existe por debaixo da vida? Enquanto estamos a viver, apenas compenetrados na vida, o que acontece para lá disso, por debaixo disso? Estou aqui, escutou uma voz a dizer dentro de si. No palco, o tempo passava muito depressa pelas crianças: dez anos, incluindo dúvidas e medos, duravam dez minutos ou menos. Eram crianças do centro educativo, a que deu o nome da sua mulher, crianças muito sérias, a tentarem acertar cada gesto, crianças que tinham a idade com que o senhor Rui conheceu a mulher. Dentro daquele auditório em Campo Maior, como dentro do tempo, pareceu-lhe que talvez a vida fosse uma representação da vida feita por crianças. Lembrou-se de um automóvel que teve nos anos setenta. Lembrou-se de caminhar no meio de obras, a acompanhar mestres de pedreiro, as botas a desfazerem torrões de cimento seco. Lembrou-se de escutar a leitura da ata das reuniões da assembleia municipal, aos tantos dias do mês tal. Lembrou-se do irmão António a rir. Lembrou-se de aterrar em São Paulo, calor bom para transpirar. Lembrou-se do helicóptero em Timor. Lembrou-se do genro Joaquim Manuel. Lembrou-se dos arredores de Luanda. Lembrou-se da primeira vez em que decidiu não cortar o bigode. Lembrou-se de ir ver a mulher ao hospital, ainda nova, e depois, noutras vezes. Lembrou-se de receber um telefonema do neto, da neta, de outro neto. Lembrou-se de saber que morreu o engenheiro da câmara, morreu o governador civil, morreu o Marcello Caetano. Lembrou-se dos óculos do Marcello Caetano. Lembrou-se do velório do Mário Soares no Mosteiro dos Jerónimos, a televisão. Lembrou-se das festas do povo. Lembrou-se de estar com a mãe, o pai e os irmãos a almoçar, domingo. Domingo. Estava ali, noventa anos, estou aqui. No palco, as crianças já tinham fundado a Delta, já tinham dado emprego a tantos milhares de pessoas, não apenas em Campo Maior, já tinham fundado o próprio centro educativo do qual faziam parte. Estou aqui, repetiu a voz dentro do senhor Rui, a voz que dizia *eu*. E apercebeu-se de que, considerados a partir daquele instante, o passado e o futuro tinham o mesmo tamanho. Às vezes, na lateral do palco, apareciam os braços da professora, ansiosos, a darem indicações às crianças. O espetáculo aproximava--se do fim, notava-se pela maneira como a música abrandava. Então, o senhor Rui sentiu a presença da mulher ao seu lado, mil vezes Alice, sentiu a presença do filho e da filha, sentiu os netos e bisnetos um a um, sentiu essa força, a vida, sentiu o mais profundo daquele instante porque sabia que, no instante seguinte, terminaria o espetáculo e rebentaria uma explosão de aplausos.

ESTA OBRA FOI COMPOSTA PELA SPRESS EM ELECTRA E IMPRESSA EM
OFSETE PELA GRÁFICA PAYM SOBRE PAPEL PÓLEN NATURAL DA SUZANO S.A.
PARA A EDITORA SCHWARCZ EM OUTUBRO DE 2023

A marca FSC® é a garantia de que a madeira utilizada na fabricação do papel deste livro provém de florestas que foram gerenciadas de maneira ambientalmente correta, socialmente justa e economicamente viável, além de outras fontes de origem controlada.